Les Nuits de laitue

VANESSA BARBARA

LES NUITS DE LAITUE

Roman traduit du portugais (Brésil) par Dominique Nédellec

ZULMA
18, rue du Dragon
Paris VIe

Titre original : *Noites de Alface.*

Obra publicada com o apoio
do Ministério da Cultura do Brasil / Fundação Biblioteca Nacional
Ouvrage publié avec le soutien
du Ministère de la Culture du Brésil / Fundação Biblioteca Nacional

MINISTÉRIO DA CULTURA
Fundação BIBLIOTECA NACIONAL

Si vous désirez en savoir davantage sur Zulma ou sur *les Nuits de laitue*
et être régulièrement informé de nos parutions,
n'hésitez pas à nous écrire
ou à consulter notre site.
www.zulma.fr

Z

Sacré nom, ça vaut la peine d'être né,
rien que pour ce moment où l'on s'endort
comme une masse...
HERMAN MELVILLE, *Moby Dick.*

Lorsque Ada est morte, le linge n'avait même pas eu le temps de sécher. L'élastique du jogging était encore humide, les grosses chaussettes, les T-shirts et les serviettes toujours sur le fil. C'était la pagaille : un foulard trempant dans un seau, des bocaux à recycler abandonnés dans l'évier, le lit défait, des paquets de gâteaux entamés sur le canapé – en plus, Ada était partie sans arroser les plantes. Les objets ne respiraient plus, ils attendaient. Depuis qu'Ada n'était plus là, la maison n'était que tiroirs vides.

Otto et Ada s'étaient mariés en 1958, pile le jour du changement de maire. Ils avaient acheté une maison jaune et décidé qu'ils n'auraient ni enfants, ni chiens, ni chats, pas même un lapin. Perchée au sommet d'une colline, la petite ville ne comptait que quelques rues parallèles avec des maisons collées les unes aux autres. Beaucoup étaient inhabitées depuis des années. Otto et Ada avaient passé un demi-siècle ensemble à cuisiner, à faire des puzzles géants de châteaux européens et à jouer au ping-pong le week-end (du moins jusqu'à l'arrivée de l'arthrite). Ada et Otto avaient vieilli côte à côte et, à la fin, ils avaient pratiquement le même timbre de voix, le même rire, la même démarche. Ada avait les cheveux courts, elle était maigre et aimait le chou-fleur. Otto avait les cheveux courts, il était maigre et aimait le chou-fleur. Ils passaient sans cesse d'une pièce à l'autre, sortaient les poubelles ensemble. Ada était une maniaque du rangement et se chargeait de l'essentiel des tâches ménagères, tandis qu'Otto la suivait en racontant des histoires qui tombaient à plat. Ils étaient bons amis, si bien que la mort d'Ada avait plongé dans le silence les couloirs de la maison jaune.

Au fil du temps, Otto apprit à se débrouiller lorsqu'une ampoule grillait, mais il n'envisageait pas une minute de quitter son pyjama. Ada lui manquait. Toujours emmitouflé dans une couverture à carreaux, même les jours de grande chaleur, il s'efforçait d'entretenir la maison, de nettoyer les taches du canapé et de laver la vaisselle. C'était un veuf silencieux, résigné et consciencieux. Et comme il percevait la présence de son épouse à travers ces menues occupations, il ne voulait plus sortir de chez lui. Il faisait venir ses provisions de l'épicerie du coin, ses médicaments de la pharmacie, menait une vie tranquille sans déranger personne.

Ce silence, les livreurs le respectaient aussi scrupuleusement que possible : ils frappaient chez Otto comme à la porte d'un couvent, lui tendaient les reçus à signer, et prenaient de ses nouvelles par acquit de conscience. Souvent, ils levaient les yeux au ciel et lançaient : il va sans doute pleuvoir, feriez mieux de ramasser votre linge, pas impossible que ça se rafraîchisse, faudra peut-être changer de pyjama. Le temps est complètement détraqué. Et votre sciatique ? D'un hochement de tête, Otto faisait distraitement savoir que ça pouvait aller, tout en songeant que les livreurs ne se comportaient pas de cette manière quand Ada était encore en vie. À peine le garçon de la pharmacie avait-il sonné qu'elle lui ordonnait d'entrer un moment. Nico ouvrait son sac à dos pour lui montrer quelque chose et c'étaient des messes basses à n'en plus finir sur des sujets de la plus haute importance. Au point que Nico repartait parfois en oubliant de lui laisser les pommades, l'aspirine et les hypotenseurs.

Ada était la dépositaire de tous les secrets du quartier. Elle était au courant des histoires de chacun de leurs voisins, qu'elle racontait à Otto pendant le dîner, presque en chuchotant : Nico gagnait une misère à la pharmacie, ce qu'il voulait vraiment c'était devenir nageur professionnel, il vivait avec sa mère et passait tout son temps libre à la piscine. Il riait comme un singe, la bouche grande ouverte, mais sans émettre aucun son. Un jour, il avait plongé la tête sous l'eau et, de retour à la surface, s'était mis à rire comme un tordu. « Tout le monde a trouvé ça amusant, racontait Ada. Il a replongé, il est remonté, a recommencé à se bidonner. Ça faisait marrer tout le monde. Puis il a plongé encore une fois, mais n'est pas réapparu. Moralité : mieux vaut ne pas faire la même tête quand on rit et quand on se noie. »

Mais tout s'était bien fini, et Nico avait décidé qu'un jour il traverserait le pas de Calais à la nage – même s'il devait pour y arriver ne plus travailler à la pharmacie qu'à mi-temps. Les yeux écarquillés, Ada écoutait avec la plus grande attention sa saga aquatique, comme un roman embrouillé qu'elle raconterait ensuite à Otto, chapitre après chapitre. Dans le quartier, Ada était une figure centrale. C'est elle qui organisait les kermesses, dénouait les problèmes et dégotait un travail à ceux qui n'en avaient pas – si bien que, sans avoir rien demandé, on pouvait parfaitement, comme on reçoit une visite impromptue un dimanche matin, se retrouver tout à coup embauché chez le primeur.

Après le décès d'Ada, le voisinage observa trois jours de deuil, et même les chiens de Teresa cessèrent de grogner. Le facteur interrompit la distribution du courrier, une attention des plus délicates vu qu'il avait pour habitude de faire sa tournée en entonnant à tue-tête *Oh l'affreux coquin* ; personne ne mit la radio à plein volume, ne hurla dans son portable, ne fit marcher son mixeur à deux heures du matin pour se préparer une crème d'avocat. Puis la ville renoua avec son tohu-bohu habituel. Seul dans son immense maison, Otto en fut encore plus accablé ; même le passage du rémouleur lui rappelait qu'Ada n'était plus là : elle ne bondirait pas du canapé, ne se pencherait pas à la fenêtre pour le saluer en gesticulant comme une hystérique et en riant du nez. Désormais, lorsqu'un des chiens de Teresa s'échappait, Otto fermait les yeux et imaginait Ada se précipitant dans la rue en trébuchant, criant « Sauve qui peut ! », terrifiée par le cabot incontrôlable qui se jetait contre les portails en laissant derrière lui une traînée de puces. Jusqu'à ce que Teresa parvienne à rétablir l'ordre en lui flanquant une trempe à coups de bouteille en plastique.

Otto, qui jusque-là n'avait eu de relations avec ses voisins que par l'intermédiaire d'Ada, se retrouvait à présent très isolé. Il décida de ne plus bouger de son salon et de rester assis une couverture sur les genoux à regarder sans piper mot les jours défiler. Ada n'étant plus là pour lui rapporter les histoires des uns et des autres, les événements survenaient sans lien entre eux. Mais petit à petit Otto entendit une conversation par-ci, un mixeur par-là, et commença à saisir à quoi ressemblait la vie de ses voisins (sur les collines, le son porte ; qui plus est, les murs des maisons étaient vraiment très fins, et Otto fort imaginatif).

Un soir, par exemple, les jeunes mariés dont la maison donnait sur la rue au-dessus de la sienne regardaient un documentaire. C'était l'histoire d'une chamelle, Ingen Temee, qui a un bébé albinos. Elle ne l'aime pas, le rejette, du coup le chamelon albinos pleurniche pendant tout le film. Dans un moment de revirement dramatique, un petit garçon, Ugna, décide de se rendre au village afin de trouver un violoniste capable de jouer un morceau si beau que la chamelle en viendrait à aimer son petit. Le stratagème fonctionne. Ugna est rusé comme tout. Et on apprend aussi par le grand-père du petit garçon qu'à l'origine les chameaux portaient des bois, mais qu'un jour ils les prêtèrent aux cerfs qui se rendaient à une fête. C'est pourquoi, aujourd'hui encore, ils fixent l'horizon, impassibles (y compris lorsqu'ils sont en train de mâcher), en attendant qu'on veuille bien leur rendre leurs parures osseuses.

Le jeune marié s'assoupit pendant le documentaire, Otto pouvait même l'entendre ronfler. Sa femme en fut contrariée, mais regarda le film jusqu'au bout. Après quoi, elle alla se coucher et, de toute la journée du lendemain, ne décrocha pas un mot. Son mari s'échinait à renouer le dialogue, « le chameau albinos est resté triste jusqu'à la fin ? », elle continuait la vaisselle sans répondre, « le petit Ugna a réussi à trouver un violoniste ? », il pouvait toujours courir, elle ne révélerait rien. La fâcherie finit par passer, comme toujours, et tout se termina par une fausse scène de ménage ; elle hurlait : « Lâche ce couteau ! », tandis qu'il l'aspergeait de Brise lavande. Deux frappadingues, conclut Otto, en se rappelant les après-midi de ping-pong avec Ada – les balles éclatées, les échanges endiablés, Otto criant : « Ça compte pas, je l'ai prise sur le doigt. Quand on la prend sur le doigt, on la rejoue. » Une des rares règles qu'ils appliquaient au ping-pong.

Autre chose qu'Otto comprit dès les premières semaines sans Ada : la maison de Teresa était menacée par une armée de cafards noctambules. Au milieu de la nuit, couché dans son lit, il entendait sa voisine de droite massacrer les insectes à grands coups de mule. Elle avait bien essayé d'éradiquer ce fléau en pulvérisant de l'insecticide dans son salon, à en juger par l'odeur, mais visiblement sans réel succès. Les bestioles semblaient adorer le Blattix – il les entendait presque se lécher les babines et accourir en masse dans la maison voisine. Tant mieux pour lui, qui n'avait plus la même vigueur ni le cœur à les coincer sous un bout de Sopalin en demandant « Savate ! » à Ada, laquelle courait se réfugier derrière les rideaux.

Désormais, Otto ne se rendait plus dans le jardin de devant que pour étendre le linge. C'était là qu'auparavant ils passaient tous leurs après-midi à prendre le soleil, lire des livres de cuisine ou faire des mots croisés. Ada occupait le plus clair de son temps à chercher la recette définitive du chou-fleur à la milanaise, *le* truc infaillible pour que la croûte de chapelure ne se délite pas après la friture, reste croquante et brillante. Mais jamais elle ne trouva. Elle allongeait les jambes afin de « réchauffer ses bourrelets » et papotait au sujet du gazon, des plantes, des bulbes de tulipes que Teresa lui avait offerts au printemps. Le jardin d'Otto et Ada était le plus grand de la ville, avec une vaste pelouse et un peu partout des outils abandonnés, des seaux de toutes les couleurs et des tulipes prêtes à éclore. Ada aimait beaucoup le jardin. Quand il s'y trouvait avec elle, Otto l'aimait aussi ; maintenant qu'il était seul, il détestait autant les tulipes que ses voisins.

La couverture sur les genoux, Otto eut l'envie subite de se préparer un bon petit chou-fleur, mais il se ravisa, il était tout de même trop tôt. Il resta dans son fauteuil, à cligner lentement des yeux. En rassemblant des indices sonores, olfactifs et visuels (robot mixeur, Blattix, chien féroce), il s'amusait à imaginer la vie des habitants du quartier.

I. NICO

« Tentative de suicide ou comportement déréglé, 227 cas répertoriés ; état psychotique, 297 ; réactions agressives ou hostiles, 525 ; pulsions homicides, 41 ; hallucinations, 55 ; paranoïa, 60. Ma parole, ça c'est du lourd. Cette notice est aussi longue que les jambes de ma cousine. »

Les médicaments préférés de Nico étaient le tartrate de varénicline et un antitussif à la cerise, qu'il recommandait à tous les clients de la pharmacie. Nico avait une passion pour les notices de médicaments. En théorie, toutes les maladies du monde pouvaient s'abattre sur un patient avalant un malheureux comprimé pour en finir avec un bête rhume de cerveau, et le nombre de combinaisons possibles était infini. « Les plus fascinants, c'est ceux qui peuvent provoquer des états paradoxaux, comme somnolence et insomnie, accroissement et diminution de la libido, et, évidemment, les antidépresseurs entraînant des dépressions. Un antigrippal qui donne le hoquet », détaillait-il, accoudé au comptoir de la pharmacie. Il était déjà onze heures et toujours pas un chat dans la boutique.

« Mais la varénicline, on fait pas mieux : elle peut occasionner infections fongiques, infections virales, frustrations, bourdonnements, myopie, écoulement post-nasal, éructations (rots), flatulences (pets), prurit et sensation de mal-être.

— Sensation de mal-être…

— Autres effets secondaires : constipation, convulsions, anxiété, instabilité émotionnelle, syncope et collapsus.

— J'aime bien quand ils parlent de "mal-être", releva le gérant de la pharmacie, avec un léger temps de retard. C'est comme s'ils disaient : "Quoi que vous ressentiez, il se peut que ce soit notre faute. Mais ce n'est pas notre faute", compléta-t-il, tout en rangeant l'étagère des compléments vitaminés. Frustration, c'est pas mal non plus.

— Vraiment, ces notices sont incroyables, s'exclama Nico. Il y a un médicament qui altère la perception des couleurs : on se met à voir tout en bleu. Apparemment, ça bloque une enzyme, ce qui entraîne un problème au niveau des yeux. Véridique. Et il y a aussi un neuroleptique qui, d'après la notice, peut déclencher chez le patient des claquements de langue compulsifs.

— Rassure-moi, tu ne racontes pas tout ça aux clients ?

— Et il existe des somnifères qui peuvent provoquer toutes sortes de comportements bizarres. Du genre on s'endort pendant qu'on est au volant ou en pleine séance d'aérobic. Ou bien le contraire : on se lève, on prend les clés et on sort faire un tour alors qu'on est en train de dormir. J'ai lu dans un magazine qu'un type s'était réveillé avec un tas de sachets sur le torse – il a d'abord accusé ses filles, puis il s'est rendu compte qu'il avait lui-même dévoré toute une boîte de glaces Miko au milieu de la nuit.

— Pas possible !

— Je vous jure. Les somnifères, c'est le top du top. Vous n'avez plus aucun souvenir de ce qui s'est passé la veille, vous pouvez devenir somnambule et tout, ajouta-t-il en changeant de jambe d'appui. Une fois, ma cousine est allée dans la cuisine, elle a pris une cuillère pour ensuite l'apporter à ma tante dans le salon. Et il lui est déjà arrivé de vouloir faire pipi sur la table basse, tout ça en dormant. On s'ennuie pas avec des médicaments pareils », conclut-il, le menton dans la main, pendant que son patron continuait de ranger distraitement les étagères.

Sans faire attention à lui, Nico reprit : « Et celui-ci : "Effets indésirables : surdité inexpliquée." Marrant, non ?

— Dis-moi, tu as vendu toutes les boules Quies ? l'interrompit le gérant, en relevant la tête.

— Oui. À cette jeune femme qui vient d'emménager. Vous savez ? Marina. Maria. Mariana. Elle m'a expliqué que son mari ronflait, et elle en a acheté une vingtaine d'un coup.

— Appelle le fournisseur et repasse commande. S'il te plaît.

— Bien.

— Et prends aussi d'autres bandages. »

Nico griffonna dans le registre des stocks, lâcha un soupir et jeta un œil sur sa montre. Bientôt l'heure de la pause déjeuner ; il allait pouvoir se précipiter à l'école de natation pour s'entraîner. Nico ne savait nager que depuis quelques mois, mais le fait de ne pas arriver à traverser un bassin de douze mètres cinquante sans être à deux doigts de mourir d'asphyxie ne constituait en rien un obstacle à ses rêves délirants. Nico voulait triompher du pas de Calais. « Qu'est-ce que j'y peux si mon cours est immédiatement après celui des enfants et si l'eau est complètement trouble parce qu'ils ont fait pipi dedans ? demandait-il régulièrement à Ada. Hier, j'ai appris à tourner la tête sur le côté pour respirer, disait-il. Avant, je relevais la tête, comme ça : ça n'allait pas du tout. »

Nico n'avait pas encore vingt ans, il était grand, filiforme et portait un appareil dentaire. Il travaillait de huit à dix-huit heures à la pharmacie et était incollable sur les médicaments génériques. Toujours plein d'entrain, volubile. Il avait avec son patron des relations amicales sans le moindre impact sur son salaire, qui lui permettait tout juste de s'équiper pour la natation et d'aider sa mère à payer les factures. « J'ai dû acheter mon bonnet de bain à crédit », affirmait-il, probablement en plaisantant, mais allez savoir.

Toutes choses qu'Ada apprenait lorsqu'il venait lui apporter ses médicaments. Elle adorait recevoir la visite de Nico, qu'elle accueillait toujours avec un gâteau à la carotte. « Raconte-moi comment s'est passée la séance d'hier », réclamait-elle, en s'installant dans le fauteuil. « Pff. On a encore appris à faire des bulles... répondait-il, les yeux au ciel. Ras le bol de faire des bulles, toujours des bulles. Et l'entraîneur dit que mes battements de pieds sont pas bons, que je dois améliorer ma coordination bras-jambes. » On aurait dit qu'il parlait de records mondiaux ou de la polémique des « super combinaisons ». Otto les écoutait depuis la cuisine avec une mine amusée. Ça ne manquait pas de sel : Nico arrivait à peine à flotter, mais il parlait de natation le plus sérieusement du monde. Trois fois par semaine, il faisait la course avec un gros qui, lorsqu'il nageait, semblait toujours au bord de la noyade. « Parfois, arrivé au milieu de la piscine, il abandonne, je vous assure : après six mètres vingt-cinq, il coule à pic, et on croit qu'il est mort. Mais c'est juste une tactique, une entourloupe sacrément gonflée ; je jette un œil en arrière et j'ai à peine fait signe au maître nageur que le gros redémarre en trombe et me passe devant, agitant les bras et les jambes comme s'il tombait en syncope », racontait Nico. La petite vieille essayait de consoler le jeune employé de la pharmacie : bientôt il prendrait le dessus sur son rival, sûr et certain ! « Pas question de renoncer, tu m'entends ? » répétait Ada, avant de lui suggérer de gonfler des ballons de baudruche pour travailler le souffle. Nico n'avait jamais réussi à gonfler un ballon de sa vie.

Otto, la couverture à carreaux sur les genoux malgré la chaleur écrasante, attendait l'arrivée de l'assistant du pharmacien avec sa commande de médicaments. Il était déjà deux heures de l'après-midi, Nico était en retard – il n'était probablement pas encore rentré de la natation et allait faire son apparition la peau fripée, tenant dans une main le sachet de médicaments et dans l'autre ses affaires de piscine, avec son maillot trempé dégoulinant à sa suite. Quel imbécile, se disait Otto. Puisqu'il était entendu qu'il n'arriverait jamais à rien en se tortillant dans l'eau comme une anguille, à quoi bon insister ? Pourquoi ne pas se concentrer sur sa carrière de pharmacien, pourquoi ne pas s'inscrire dans une université de la capitale et s'appliquer enfin pour, un jour, reprendre la pharmacie et gagner des sous ? Et devenir quelqu'un de respectable. Si son objectif était d'impressionner Teresa, comme Ada et lui le pressentaient, il serait bien inspiré d'aller de l'avant dans la vie, d'avoir un meilleur salaire, de faire preuve d'un peu de maturité et de professionnalisme. D'autant que Teresa avait vingt ans de plus que lui et qu'il ne l'embobinerait pas avec ces fanfaronnades de gamin – chaque semaine, le préparateur en pharmacie se mesurait les épaules pour voir si elles étaient plus larges et s'il avait l'allure d'un vrai nageur. Son amour secret pour Teresa était franchement comique, pensait Otto, et tout à fait déplacé.

Lorsque la sonnette retentit, le vieil homme se leva et alla entrouvrir la porte en rajustant ses lunettes. Par l'entrebâillement, il tendit la main, avec l'intention de récupérer sa commande, de payer et de refermer la porte aussi sec. Mais Nico n'eut pas besoin d'y être invité pour entrer, l'air distrait et empestant le chlore. « Bonjour, lança-t-il. Je vous apporte vos médicaments. »

Otto prit le sachet sans rien dire et lui tendit un billet de cent. Nico fouilla fébrilement dans ses poches. Il avait laissé la monnaie à la pharmacie : « Zut ! C'est à cause des cartons qu'on a reçus ce matin, expliqua-t-il. J'étais tout excité par l'arrivée de notre chargement de pramipexole… Du coup, j'ai oublié de prendre la monnaie. »

Comme Otto restait muet, Nico poursuivit :

« Ce médicament, il a une notice incroyable. Par exemple, on l'utilise pour les parkinsoniens. Mais des fois ceux qui en prennent voient tout à coup des gens cachés dans leurs placards ! » Rien à faire : Otto gardait les yeux rivés au sol. Puis finit par regagner son fauteuil. « Autrement dit, ça provoque des hallucinations. Et éventuellement l'apparition de nouveaux vices : un type qui ne buvait pas devient alcoolique, quelqu'un de parfaitement équilibré un joueur compulsif... Ce genre de trucs. C'est comme ce médicament contre la malaria qui déclenche des délires de persécution.

— Ah, marmonna Otto.

— Bon, euh... Je vais chercher votre monnaie, alors, dit Nico, gêné. Je reviens tout de suite. »

Le vieux ne se leva même pas. Il se contenta de hocher la tête en grommelant.

Ce jour-là, Otto était particulièrement irrité parce qu'il n'avait pas réussi à changer l'ampoule de la chambre. Sa sciatique le faisait tellement souffrir qu'elle l'avait empêché d'atteindre le dernier degré de l'escabeau et il se demandait comment diable Ada arrivait à faire ces choses-là. La chambre resterait dans l'obscurité, décida-t-il, et la maison tout entière s'enfoncerait dans les ténèbres mois après mois. Cela n'avait aucune espèce d'importance pour quelqu'un qui passait ses journées une couverture sur les genoux.

Tandis que Nico tournait les talons, Otto se rappela l'histoire de cet homme qu'il avait vu à la télé, obligé de prendre des somnifères pour fermer l'œil. Une fois, en pleine nuit, alors qu'il était endormi, l'homme se leva de son lit et sortit la voiture du garage. Son épouse ne comprit pas ce qui se passait. Tout en dormant, il conduisit jusqu'au commissariat, où il tenta d'insérer sa carte dans la pointeuse avant d'être arrêté, encore en pyjama. D'après les policiers en service, l'intention du contrevenant était de se rendre à son bureau, à dix kilomètres de là. « Mais c'est pas évident de trouver son chemin les yeux fermés », s'était justifié l'individu, qui prenait vingt milligrammes d'hémitartrate de zolpidem tous les soirs.

Otto pensait à cette histoire pendant que Nico s'éloignait, il songea même à la lui raconter. Mais il était trop contrarié par l'affaire de l'ampoule grillée ; en plus, Nico n'aurait pas trouvé ça drôle. Si Ada avait été là, il se serait empressé de lui murmurer l'anecdote, qu'elle se serait chargée de resservir sans révéler ses sources. Seulement, Ada n'était plus là et le garçon déjà reparti chercher la monnaie.

Nico marcha jusqu'à la pharmacie, les jambes flageolantes comme après un effort physique prolongé. Pour lui, Otto n'était qu'un vieux cabochard et, généralement, sa seule présence le rendait nerveux. Il semblait incroyable qu'il ait partagé la vie d'Ada, qui plus est, pendant cinquante ans. Dans le voisinage, personne ne comprenait très bien. Mais elle ne permettait pas qu'on médise de son mari, alors tout le monde se taisait quand elle déboulait, toute contente, avec un gâteau à la carotte ou un gratin de chou-fleur.

Arrivé à la pharmacie, Nico s'arrêta sur le pas de la porte pour essayer de faire sortir toute l'eau accumulée dans son oreille, puis il expliqua à son patron qu'il avait oublié de prendre de la monnaie.

« Le vieux était de bonne humeur ? demanda le gérant, en reposant un sirop pour aller chercher l'argent dans la caisse.

— Il n'a pas quitté sa couverture une seule seconde », soupira Nico. Sans vouloir en dire plus. Certes, il n'appréciait pas Otto, mais, d'un autre côté, il tenait à ne dire du mal de personne.

En prenant appui sur le comptoir, Nico sauta sur une jambe et, avec le plat de la main, se frappa l'oreille droite, afin d'expulser l'eau restée bloquée dans la gauche. Parmi les clients, il n'y avait personne pour trouver ça étrange. À cause d'une malformation des osselets, il vivait avec ce problème depuis toujours – parfois, il essayait de garder la tête posée sur le comptoir pendant un certain temps, ou alors il se forçait à bâiller et bâiller encore, ou il se mettait des gouttes d'alcool, mais la meilleure méthode pour se déboucher l'oreille restait celle du saut, bien souvent exécuté plusieurs heures après la séance. Un filet d'eau chaude finit par s'écouler du pavillon auriculaire. « Est-ce qu'on nous a livré les produits importés ? Les médicaments anti-cholestérol ? » demanda-t-il.

Le patron fit non de la tête et pesta en soufflant. « L'autre jour, je suis passé devant la maison jaune et je l'ai salué d'un signe, mais il a fait mine de ne pas me voir et il est rentré illico », expliqua-t-il. Nico ne répondit pas et se contenta de prendre la monnaie. Il était déçu du retard des commandes en provenance de la capitale.

« J'ai hâte de pouvoir lire la notice, avoua-t-il. Il paraît qu'on ne peut pas manger de pamplemousse quand on prend ce médicament parce que ça augmente sa concentration dans le sang. Du pamplemousse ! Dit comme ça, ça donnerait plutôt envie d'essayer. » Nico sembla éclater de rire mais s'interrompit aussitôt, puis il glissa l'argent dans la poche arrière de son pantalon et sortit. À l'intérieur, le gérant continuait de râler contre Otto, un vieillard si grincheux qu'il faisait aboyer les chiens sur son passage.

Une fois, des années auparavant, Nico était allé jusqu'à prendre un médicament aux effets secondaires prometteurs juste pour voir ce que ça lui ferait. Manque de chance, il avait seulement attrapé un léger rhume et mal au crâne, symptômes qui, du reste, ne pouvaient être directement imputés au médicament. Au cours de cette expérience ratée, Nico n'avait pas pu déterminer non plus avec certitude si l'effet désiré avait été atteint, vu que c'était un traitement contre la phlébite et que, pour être honnête, il ne voyait pas trop à quoi ça ressemblait. Il n'avait jamais rencontré personne souffrant d'une phlébite.

Dans le vaste univers des substances pharmaceutiques, il ne se consacrait pas uniquement à l'étude des effets secondaires étranges : il connaissait aussi un paquet de notices sur le bout des doigts et maîtrisait les indications les plus complexes. Il savait, par exemple, quelles étaient les possibles interactions médicamenteuses des antidépresseurs inhibiteurs de monoamine oxydase (IMAO), qui ne tolèrent quasiment aucune association avec d'autres traitements. Il savait dans quelles conditions on pouvait consommer de l'alcool sans danger et il était fasciné par la rubrique « Grossesse et allaitement », en particulier quand il était admis dans la notice que les études étaient insuffisantes ou non concluantes et que, dans le doute, mieux valait que les femmes enceintes s'abstiennent de recourir au produit en question. À ceux qui se montraient intéressés, Nico pouvait faire un long exposé sur les génériques. Tout ce qu'il regrettait, c'était de travailler dans la pharmacie d'une si petite ville avec un éventail de pathologies aussi limité ; il n'aurait pas été fâché de voir une douzaine de patients atteints de maladies rares, un nombre significatif d'hypocondriaques ou de gens souffrant du typhus ou de la goutte. Une épidémie de malaria, ça n'aurait pas été mal non plus.

Nico avait dans la maison jaune deux de ses meilleurs clients. Otto prenait des hormones pour compenser une hypothyroïdie, un traitement contre l'hypertension, un autre pour le cœur, des statines contre le cholestérol, des polyvitamines, des diurétiques, des comprimés contre les troubles intestinaux, des somnifères et un remède contre l'arthrite, soit au total une dizaine de pilules de toutes les couleurs du prisme. Et, chaque jour, il avalait une aspirine pour se purifier le sang. Quant à Ada, elle aimait se mettre en quête de nouveautés contre le rhume et, même si elle ne prenait que peu de médicaments de façon régulière, elle passait son temps à acheter des antigrippaux. Un des moments forts de la carrière de Nico : le jour où il présenta à Ada un nouveau produit censé enrayer la grippe dès les premiers signes de la maladie – elle ne parla que de ça pendant les fêtes de la Saint-Jean, et aussitôt tout le voisinage adopta le Premunex en flacon. Avec la mort d'Ada, la pharmacologie locale avait perdu l'une de ses figures les plus enthousiastes.

Mais Otto, lui, était toujours vivant et gobait quotidiennement de neuf à treize comprimés, la pharmacie Nebraska n'avait donc pas de raison de s'inquiéter. Rien que ce jour-là, Nico lui avait apporté une boîte de lévothyroxine sodique, deux plaquettes d'aspirine, un traitement antirhinite et du captopril. Otto refusait d'acheter du Capoter, désignation commerciale sous laquelle était vendu le captopril, rien qu'à cause du nom. « Un traitement pour le cœur qui s'appelle Capoter, non merci », disait-il. Et qui était Ada pour lui donner tort ?

Le garçon frappa doucement à la porte jaune et attendit. Ses cheveux étaient encore mouillés et il n'allait pas tarder à prendre froid : l'occasion parfaite pour avaler une dose de Premunex. Si seulement il en avait eu un flacon sur lui, histoire de parer aux urgences.

Dans le salon, depuis le poste avancé de son fauteuil, Otto cria à Nico d'entrer, cette fois sur un ton un peu moins rude. Le garçon s'approcha du vieux, l'argent déjà dans la main, bien décidé à décamper aussi vite que possible. À l'intérieur de la maison jaune, la pénombre était plus épaisse que jamais, les fenêtres closes, comme si l'été n'avait pas pénétré jusque-là. On se serait cru chez un ancêtre à moitié fossilisé – il ne manquait plus qu'un tableau avec un clown larmoyant, un buste en bronze et un cendrier en forme de feuille. Le tapis était marron, les rideaux sombres, ça sentait le renfermé. Sur un guéridon, un cadre avec une photo du vieux s'efforçant de sourire. Otto écarta la couverture et récupéra l'argent, en lâchant un « merci » presque inaudible.

« De rien. En cas de besoin, un petit coup de fil, d'accord ? », et Nico tourna les talons, pressé de débarrasser le plancher. Otto prit son courage à deux mains et se lança : « J'ai une tante qui a eu la malaria. »

Presque aussitôt, il pria pour n'avoir pas parlé à voix haute, pour n'avoir fait que penser sa phrase. Cependant, à en croire la réaction de Nico, il avait bel et bien proféré cette funeste combinaison de mots. Ainsi, sans s'expliquer pourquoi, il venait de laisser échapper une nouvelle bourde devant un inconnu. Sa tante n'avait jamais eu la malaria ; d'ailleurs, aux dernières nouvelles, il n'avait pas de tante. Maintenant, il ne savait plus quoi dire. Il n'était pas assez habile pour fignoler son mensonge, il n'allait pas appeler un autre parent à la rescousse, par conséquent la meilleure chose à faire était de rester muet et d'attendre que Nico s'en aille sous prétexte d'être en retard. À sa sortie, le garçon aviserait les voisins que le vieux était devenu gaga. Mais ce n'est pas comme ça que les choses se passèrent.

« C'est vrai ? demanda le jeune pharmacien, en se ranimant brusquement. Si seulement elle avait pris de la méfloquine. Enfin, je sais pas si ça aurait été mieux. Elle aurait pu devenir paranoïaque. Dites-moi, votre tante, elle est du genre à avoir les nerfs fragiles ? »

Mort de honte, Otto hocha la tête, sans qu'on comprenne si la réponse était positive ou négative. Il se contenta de l'agiter, comme si ce mouvement pouvait suffire à expédier son interlocuteur n'importe où, pourvu que ce soit loin de son salon.

« En tout cas, ce médicament provoque des démangeaisons terribles. Avec ou sans éruption cutanée. Du coup, vous prenez un truc pour atténuer les démangeaisons et vous vous retrouvez avec un glaucome. Alors vous appliquez un collyre pour traiter le glaucome et voilà que vos yeux bleus deviennent marron. Je vous jure ! Certaines gouttes augmentent la pigmentation de l'iris. Imaginez un peu le drôle d'effet. Ah, et votre peau peut aussi devenir légèrement bleutée, surtout si vous vous exposez au soleil. »

Otto resta silencieux.

« Tout ça parce que vous vouliez vous prémunir contre la malaria, observa Nico, ouvrant les bras avec indignation. On vit dans un monde de fous. Est-ce que vous allez me croire si je vous dis qu'il y a un traitement qui efface les empreintes digitales des gens ? »

L'espace d'un instant, d'un très court instant, Otto oublia qu'il se trouvait face à quelqu'un avec qui il aurait dû se contenter d'avoir une conversation courtoise, dans l'intérêt de la collectivité et au nom d'une saine relation interpersonnelle, et il se passionna réellement pour ce que Nico lui racontait. Il écarquilla les yeux et émit un grognement.

« Je vous assure. C'est un traitement contre certains cancers, qui provoque la desquamation de la paume de la main et du bout des doigts. Une fois, un type a voulu rentrer aux États-Unis mais plus moyen de vérifier ses empreintes digitales.

— C'est pas vrai ! s'exclama Otto.

— Si vous voulez, je peux même vous montrer le reportage. Je vous le jure sur tous les sirops de mon comptoir, rétorqua le garçon.

— Soit », grommela le vieux en retrouvant sa raideur habituelle, puis il se remit la couverture sur les genoux. Pour un peu, il aurait simulé un assoupissement soudain, juste pour accélérer le départ du casse-pieds.

« Je vais vous montrer quelque chose », poursuivit Nico sans prêter attention à la soudaine grise mine de son interlocuteur. Il reprit le sachet de médicaments et farfouilla parmi les plaquettes. Rapidement, il attrapa une boîte et lui désigna l'inscription qui figurait au dos.

Contenance : 50 comprimés.
Tout médicament doit être tenu hors de portée des enfants.

Chaque comprimé contient 75 µg de lévothyroxine sodique.
Informations importantes, indications, contre-indications et précautions : consulter la notice.
Conserver à température ambiante (entre 15 et 30 °C), à l'abri de la lumière et de l'humidité.
Responsable pharmacovigilance : Andrew Boring.

« Vous avez vu ça ? Le responsable pharmacovigilance est un dénommé Andrew Boring, expliqua Nico, sous le regard interrogateur du vieux. C'est le médicament le plus fiable que j'aie jamais trouvé. Parce que, je vais vous dire, je crois pas tellement aux tests sur les cobayes, au suivi post mise sur le marché, au baratin de la Food and Drug Administration. En revanche, je me fie pleinement à un responsable pharmacovigilance qui s'appelle Andrew Boring : un type tellement ennuyeux qu'à coup sûr il aura vérifié scrupuleusement tous les composants de mon médicament. En voilà un à qui l'on peut faire confiance. »

Otto songea à rire par politesse, mais se contenta de fixer le préparateur en pharmacie, en se disant que les paroles qu'il venait de prononcer étaient peut-être sensées. Andrew Boring, en voilà un à qui l'on pouvait faire confiance.

Otto avait rencontré Ada en 1955 lors d'un bal à l'internat de jeunes filles. Lui et ses deux complices, Nuno et Foice, étaient entrés clandestinement en forçant la fenêtre de derrière. Une fois à l'intérieur, ils avaient piqué droit sur le saladier de punch et, alors qu'il remplissait son verre, Otto remarqua une demoiselle de petite taille assise au bord de la piste. Elle avait les cheveux noués, des yeux noisette extraordinaires et portait une ample robe blanche ornée de fleurs rouges que faisaient bouffer quatre ou cinq jupons. Elle avait l'air de penser à quelque chose d'amusant, même si son attitude traduisait une certaine froideur, et, lorsqu'elle braqua son regard sur Otto, il crut sa fin toute proche. Non seulement parce qu'elle était aussi belle que, disons, l'annonce de l'Apocalypse (le soleil en train d'exploser, le ciel violacé et les flammes de l'enfer), mais aussi parce qu'elle allait certainement le dénoncer aux vigiles de la fête. Cette fille avait un regard un brin pervers, tout le contraire des autres qui se rassemblaient en petits groupes pour cancaner. Elle dévisagea ce pauvre Otto puis, tout à coup, se leva.

Tandis que Nuno et Foice se bourraient les poches de petits-fours et réglaient les détails de l'assaut qu'ils entendaient lancer sur le groupe de blondes au centre de la salle, Otto fonça vers la demoiselle à la robe bouffante, afin de l'empêcher de gagner la porte d'entrée où somnolait un surveillant.

Les cheveux plaqués sous des couches de brillantine, de sa démarche évoquant vaguement James Dean, Otto s'approcha d'Ada et l'attira à lui pour danser. Elle jeta un œil autour d'elle, dévisagea une nouvelle fois le garçon et accepta, puisque c'était ce que faisaient les filles de bonne famille. Un coup à droite, un coup à gauche, les voilà partis en silence pour une valse lente, avec écrabouillage de pieds à l'occasion. Ils étaient étrangement synchronisés, jusque dans leur gaucherie ; quand Otto la conduisait d'un côté, elle faisait un pas précis, ni trop grand ni trop petit ; mais s'il la faisait tourner dans le mauvais sens, elle était bien forcée de le suivre. Quand il hésitait, Ada s'arrêtait à son tour, cherchant à deviner les intentions de son partenaire. Ils ne dansèrent que cette valse, mais c'était largement suffisant. Otto décida de passer à l'action.

« Je peux vous poser une question, mademoiselle ? risqua-t-il.

— Mais bien sûr, dit-elle.

— Savez-vous à quoi vous me faites penser ?

— Non.

— Je n'ose pas vous le dire.

— Mais allez-y !

— À un magnifique soufflé.

— Un soufflé ?! »

Telles furent les premières paroles qu'échangèrent Ada et Otto. Il se refusa à préciser sa pensée. La curiosité de la petite Ada fut piquée et c'est ainsi qu'ils lièrent connaissance. Leur conversation devint de plus en plus abracadabrante et les yeux d'Ada de plus en plus brillants, en particulier lorsque, au cours de ce premier bal, elle réussit à faire expulser Otto de la salle de danse.

« Écoutez-moi ça : chez les patients de plus de soixante ans, les agents sympathomimétiques peuvent provoquer des effets indésirables tels que confusion, hallucinations, dépression du SNC, voire décès. Charmant ! Vous prenez un traitement et vous voilà enfin débarrassé de votre rhinite. Problème : vous êtes mort.

— Et quoi d'autre ? demanda Otto, en se penchant sur l'épaule de Nico afin de mieux voir la notice.

— Ulcères peptiques. Ah, ça, pas une notice sans qu'il soit question d'ulcère peptique, garanti sur facture », affirma-t-il, en lui tendant le papier sans regarder.

Nico avait presque oublié qu'il devait retourner travailler et continua tranquillement à passer en revue les effets indésirables les plus remarquables de son catalogue. Par exemple, il connaissait un traitement qui pouvait causer une augmentation de la tonicité musculaire, y compris chez les personnes âgées. Il s'interrompit, soudain embarrassé.

Otto réfléchit un instant et se risqua à avancer : « Je sais, ces compléments vitaminés qui se vendent par seaux entiers pour les gens qui font de la muscu. Un genre de glucides, non ? On en avait parlé avec Ada, un jour elle avait rapporté de chez le neveu de Iolanda un de ces seaux noirs de protéines de lactosérum et elle voulait…

— Non, non, ça c'est autre chose », le coupa Nico, en toussotant. Otto remarqua comme une étrange nervosité dans la voix du jeune homme. « Je parlais d'un traitement contre Alzheimer : parfois, ça rend les gens plus vigoureux, ce qui n'est pas bon en l'occurrence. M. Taniguchi, par exemple… » Il s'arrêta net et annonça tout à trac qu'il devait partir. « Bon sang, il est déjà tard. Je les ai même pas prévenus, à la pharmacie. Mon patron doit commencer à s'inquiéter », s'exclama-t-il avant de franchir la porte. « Bon après-midi », lança-t-il, déjà de l'autre côté de la rue. Otto ne réagit pas et s'enveloppa de nouveau dans sa couverture.

Nico avait laissé la porte ouverte en sortant, Otto sentait le vent de la rue s'engouffrer dans la maison. L'air figé ne lui rappelait jamais Ada ; c'était le vent qui la faisait revenir, agitée, le tirant par la main les jours de pluie. Otto se leva et ouvrit la fenêtre du salon. Le courant d'air se fit encore plus fort. Il trouvait déconcertant que sa femme ait disparu comme ça, du jour au lendemain ; c'est vrai, elle était vivante le lundi et, le mardi, elle n'existait plus. Comme ça, d'un coup. Quand le vent se levait, il la voyait presque ouvrir les portes de la maison pour respirer l'odeur des plantes et essayer de deviner si les tulipes avaient poussé. Il entendait encore la voix de sa femme lorsqu'un voisin éclatait de rire ; parfois, il était brusquement réveillé par un fantôme qui gigotait à côté de lui dans le lit ou par une odeur de Premunex flottant dans l'air. Le canapé était devenu trop grand, il ne voyait plus traîner ni robes, ni peignes, ni crème hydratante au concombre. Il n'y avait plus personne pour faire dégringoler les casseroles dans la cuisine, avec un vacarme de tous les diables, pendant qu'Otto lisait le journal du matin. « Tout est sous contrôle ! » criait-elle, avant de faire dégringoler une pile de couvercles.

Une vraie petite souris, cette Ada : elle courait dans tous les sens, trimballait des boîtes en plastique d'un endroit à l'autre. Ou tapait sur des clous sans motif apparent. Les vieux sacs de supermarché qui traînaient dans la chambre, elle en faisait un petit tas qu'elle apportait dans la buanderie, où se trouvaient les bacs de tri ; en chemin, elle ramassait une savate au milieu du salon, une bouteille vide, une assiette creuse avec des restes de céréales. Otto, parfois, assistait à ce spectacle depuis son fauteuil, dans le séjour, et demandait à Ada de le prévenir quand elle aurait fini ces pérégrinations domestiques en quête de cochonneries et autres chaussettes sales abandonnées. « Tout ça est pensé rationnellement ou tu ne fais que prendre des choses dans la chambre pour les transférer dans la cuisine de façon aléatoire ? » l'interrogeait-il. En guise de réponse, Ada lui expédiait à la figure un set de table couvert de sauce tomate. « Regarde-moi un peu dans quel état se trouve ce malheureux », râlait-elle, avant de le mettre à tremper sans plus tarder. « Et tu n'as pas fait la vaisselle hier soir. Il y a quatre, cinq, six mouches au-dessus de l'évier. Dis, tu savais que les mouches avaient des dents ? Parfaitement, des dents ! »

D'autres fois, Otto la suivait sans prêter attention aux tâches qu'elle effectuait, en lui racontant une chose arrivée la veille ou des émissions qu'il avait vues sur Animaux TV. Par exemple : *Les animaux les plus malodorants*, un documentaire en cinq volets. *L'hôpital des koalas – 2e partie*, qui faisait vibrer Ada. *De la petite taupe qui voulait savoir qui lui avait fait sur la tête*, une série spéciale avec la participation d'acteurs de la Royal Shakespeare Company. De fait, Animaux TV était la chaîne préférée d'Ada. Même s'il planait un certain mystère sur l'origine de ses recettes publicitaires – quel annonceur pouvait bien vouloir diffuser ses spots pendant *Les animaux les plus malodorants* ? –, les émissions se succédaient infailliblement pendant des après-midi entiers, et bien souvent Otto et Ada laissaient tout tomber pour assister à la migration des baleines.

À dire vrai, sans son épouse, il ne se serait pas intéressé d'aussi près à la question, mais l'engouement d'Ada s'était révélé contagieux. Même quand elle n'était pas dans les parages, c'était cette chaîne qu'Otto choisissait. « Hier, ils ont fait tout un truc sur les oiseaux duveteux. Il y avait une vieille Suédoise qui élevait seule onze cygnes dans son appartement de vingt-cinq mètres carrés », raconta-t-il, ajoutant que le cygne appartenait à la même famille que le canard ou la sarcelle d'été, qu'il était monogame et sédentaire. « Et la semaine spéciale Serpents, c'est fini ? » demanda Ada – elle faisait allusion à cette incroyable incursion dans le monde des ophidiens qui l'avait tenue éloignée du petit écran pendant plusieurs jours. Car Ada avait horreur des serpents. « Je ne crois pas, non », répondit son mari, en lui promettant de vérifier dès que possible.

Au cours de toutes ces années, Otto cultiva une passion particulière qu'Ada ne partageait pas : il adorait les histoires de meurtres embrouillées, les films noirs et les polars sanglants. Il dévorait les thrillers et suivait fidèlement les séries policières où des détectives sagaces, après avoir patiemment rassemblé de menus indices, finissaient par piéger le criminel. Ce n'était vraiment pas la tasse de thé d'Ada. Des années auparavant, le câblo-opérateur avait inclus dans son bouquet une chaîne appelée « Au cœur de l'enquête », qui ne diffusait que des histoires policières. Ce fut une des rares périodes où, pendant plusieurs mois, une distance s'instaura entre eux. Otto passait ses journées à regarder des séries sans bouger d'un pouce, se familiarisant avec tous les stéréotypes du genre : le crime parfait n'existe pas, les plus petites pistes mènent aux plus grandes découvertes, il faut faire en sorte que l'assassin s'emmêle tout seul les pinceaux dans ses explications… Après la disparition de cette chaîne morbide du bouquet de l'opérateur, probablement faute de spectateurs, tout revint à la normale – Otto se contenta de quelques séries de temps en temps et de ses romans policiers, et la chaîne la plus regardée dans la maison jaune fut de nouveau celle dédiée à la vie sauvage.

En près de cinquante ans de mariage, Otto et Ada s'intéressèrent à bien des sujets – il n'y avait pas que les parties de ping-pong et Animaux TV dans la vie ! Pendant un moment, il ne fut plus question entre eux que de cuisine et de jardinage. Puis les compléments alimentaires pour la musculation aiguillonnèrent durablement leur curiosité, jusqu'au jour où le neveu de Iolanda renonça au culturisme, les privant ainsi de sources d'information. Pendant une autre phase mémorable, ils n'eurent qu'une seule idée en tête :

apprendre à danser. Ils s'essayèrent successivement aux claquettes (un désastre), au fox-trot (un peu mieux), au jazz (résultats moyennement encourageants), au charleston (franc succès) et, enfin, au *lindy hop*, popularisé par le cinéma des années trente. Tous les matins, ils discutaient des progrès de la veille au soir. Après le dîner, ils mettaient des disques sur leur platine et tâchaient de s'aider de livres et de films, sans savoir si ce qu'ils étaient en train de danser était bien du *lindy hop* ou un truc absolument original. La cavalière devait normalement se laisser guider, mais Ada était très dirigiste et passait son temps à essayer de corriger les *triple steps* maladroits d'Otto, qui pouvait aussi bien en faire quatre, voire cinq, quand il ne camouflait pas piteusement une quasi-valdingue. « Un pas en arrière, *triple step*, *triple step*. Ta-da, ta-da-da, ta-da-da. Voilà ce qu'on doit entendre. Toi, tu en fais un de trop, protestait-elle, en lâchant la main de son partenaire. Tu sais pas compter ou quoi ? »

Quant au jardinage, ils allèrent jusqu'à acheter des livres par correspondance et firent même venir des graines spéciales de l'étranger. Malgré leurs efforts acharnés, il fallut des années avant que leurs plantations s'épanouissent. Au départ, le jardin avait l'air d'un chantier, avec de la terre retournée et des pousses desséchées de tous les côtés. Tout ce qu'Ada plantait mourait de soif ou d'un excès de soleil, et le pêcher qu'ils transplantèrent alors qu'il était déjà d'une bonne taille fut attaqué par des prédateurs affamés et des limaces voraces, de sorte qu'il ne resta pas le moindre fruit pour en raconter l'histoire. Puis Ada finit par prendre le coup de main et les arbres se mirent à pousser. Dès lors, ayant réussi ce qu'ils avaient entrepris, ils se désintéressèrent de la question. Le jardin fut abandonné à son sort, animé d'une vie propre : il y régnait désormais un certain désordre, avec des arbres d'un côté, du gazon de l'autre, des fleurs de différentes couleurs, un verger et des herbes folles. Comme il a déjà été dit, c'était le plus grand jardin de la ville, juste devant la maison jaune. Il y avait un autre jardin à l'arrière, nettement moins vaste, avec un petit entrepôt servant de débarras et de remise à outils, construit apparemment de manière à réverbérer le bruit provenant des habitations voisines. Après sa période jardinage, il arrivait encore à Ada de s'occuper des plantes de loin en loin, mais sa passion n'avait plus rien de maladif.

En regagnant la pharmacie, Nico avait beau essayer de se concentrer sur les propriétés anticancéreuses de certains aliments, il n'arrivait à penser qu'à deux choses : primo, les personnes atteintes de la goutte ne pouvaient pas manger de tomates cerises, vu qu'elles contiennent de l'acide oxalique ; secundo, il ne devait pas s'inquiéter de la gaffe qu'il avait commise devant le vieil homme. Certes, parler de M. Taniguchi comme il l'avait fait, c'était très risqué. Mais il se détourna aussitôt de cette pensée ; au bout du compte, les épinards aussi contenaient de l'acide oxalique en grande quantité, il suffisait de bien faire cuire les feuilles. Et ils n'étaient pas les seuls, nombre de plantes possédaient cette propriété, l'igname par exemple.

Encore quelques pas et le garçon parvint à la pharmacie Nebraska. Un petit attroupement s'était formé autour de son patron, qui essayait de calculer une remise pour un client tout en en servant trois autres dans la plus grande confusion. L'arrivée de Nico fut un soulagement et, sans tarder, une file bien ordonnée lui emboîta le pas. « Monsieur, que puis-je pour vous ? Les antipelliculaires sont en promo en ce moment », lança-t-il. Le premier de la file était Aníbal, le facteur, en quête d'un déo *roll-on* qui ne laisserait pas de taches blanches sur ses chemises jaunes.

2. LE FACTEUR

En vérité, tout commença avec Aníbal, le facteur, lorsqu'il passa en souhaitant de joyeuses Pâques (alors que c'était la fête des Mères) et remit par erreur une lettre à Otto. On était en mai – soit deux mois après le décès d'Ada, survenu en mars, en plein automne.

Aníbal n'avait pas songé à mal. D'abord, c'était le facteur le plus désastreux de tout le bureau de poste depuis au moins vingt ans : il confondait pratiquement toutes les maisons, donnant à Ada ce qui était pour Iolanda, à la pharmacie Nebraska ce qui était pour Mariana ; pendant qu'il attendait que les destinataires aient signé l'accusé de réception, il laissait tomber par terre la moitié du courrier, alimentait les flaques d'eau en grandes enveloppes ; il distribuait à tort et à travers paquets, factures et lettres d'amour à qui voulait bien les recevoir. « Pourtant, en général, je mets dans le mille », prétendait-il chaque fois que quelqu'un se plaignait de ne pas être le bon destinataire ; Aníbal se lançait alors dans une vérification à la diable de tous les télégrammes, relevés de compte, promotions pour couches ou tomates à 1,99 chez Sonda, sans jamais parvenir à rien de concluant. Certaines lettres passaient entre les mains de tous les habitants du quartier, sauf de ceux qui auraient dû les recevoir ; elles décrivaient ainsi de drôles de loopings avant d'être ouvertes et finalement jetées au panier, le délai de paiement ayant expiré – « Regardez-moi ça, une facture d'électricité de 1997 ! » s'exclamait Nico, à la lumière d'une lanterne. Mais il ne faut pas voir tout en noir. Certains habitants, n'ayant pas la force de se révolter, finirent par entamer une correspondance avec les enfants, neveux et nièces d'inconnus, nouant ainsi des relations sincères et diffusant les nouvelles autour d'eux.

Habituellement, les choses s'amélioraient sensiblement en septembre, avec l'arrivée du facteur intérimaire, qui jamais n'aurait laissé se mouiller un magazine télé. Le facteur intérimaire n'était guère bavard, il portait des lunettes, adressait à tout le monde des salutations conformes aux conventions et remettait à Iolanda ce qui était destiné à Iolanda. Le facteur intérimaire s'acquittait en temps et en heure des mensualités de sa mutuelle dentaire.

De toute façon, les autres mois de l'année, remettre les lettres aux mauvaises personnes créait du lien social entre voisins – Teresa sortait pour protester, Nico se rendait chez Mariana pour lui donner une facture de gaz en mains propres, et ainsi de suite. Bref, ce fut donc sans songer à mal que le facteur confia à Otto une lettre adressée à Iolanda, malgré le pressentiment que cette dame n'habitait pas exactement à cet endroit – ce qui obligea le veuf à sortir de chez lui pour aller sonner au n° 37.

L'erreur survint alors qu'Otto, installé dans son fauteuil, essayait de déchiffrer la notice des médicaments qu'il venait d'acheter. Le nez sur le minuscule bout de papier aux lettres tremblotantes, sans quoi il n'arrivait pas à lire, il cherchait à vérifier s'il était question d'ulcère peptique dans la liste des effets indésirables, comme le lui avait certifié Nico, et si un « décès » était bel et bien envisageable. Il fut interrompu par les couplets du facteur (qui, cet après-midi-là, chantonnait *Ferdinand VII* à deux voix) et par son habituel : « Le courrier est sur le muret ! »

« J'ai laissé les dollars sous le pot de fleurs ! » ajouta Aníbal, qui n'avait jamais eu pour préoccupation majeure de tenir des propos sensés.

Otto s'extirpa lentement de son fauteuil et traîna ses savates en maugréant. Il entrebâilla la porte, s'assura qu'Aníbal avait déjà tourné le coin de la rue et finit par mettre le nez dehors, tout en redoutant de tomber sur Teresa ou n'importe quel autre voisin.

Sur le muret, il trouva une lettre qui n'était pas pour lui. Il enragea aussitôt contre Aníbal : cent fois il lui avait expliqué que ce n'était pas ici qu'habitait Iolanda. Pour autant, il ne voulut pas courir après le facteur, par crainte de se retrouver embarqué dans une nouvelle conversation impossible. Peut-être Aníbal allait-il l'obliger à faire la troisième voix pour chanter en chœur *Ferdinand VII*, ce qui lui semblait par avance épuisant et inutile.

Le vieux, bouffant de colère, se dirigea vers la maison de gauche, où habitait Iolanda. Par-dessus le marché, la voisine se refusait à installer une bonne boîte à pain-lait-lettres, ce qui obligeait les livreurs à sonner et à subir une épreuve de plus : lorsque Iolanda venait leur ouvrir, elle pouvait se mettre à papoter avec un enthousiasme débordant sur n'importe quel sujet lui passant par la tête. Sans parler de ceux qui criaient, de bon matin : IO-LAN-DAAAA pour l'inviter au bingo ou au bal de printemps.

Otto était las et de mauvais poil. Il était préoccupé par l'ampoule qui avait grillé dans la chambre, par la possibilité de contracter un ulcère peptique et par le fait qu'Ada l'ait quitté sans lui avoir appris à repasser. Au bout du compte, fallait-il commencer les chemises par la manche ou par le col ? Était-il nécessaire de les repasser à l'envers ou était-ce sans importance ? Que faire en cas de plis récalcitrants : asperger avec de l'eau ? De l'alcool ? Relaver ? Et les boutons, risquait-on de les faire fondre ?

Le vieux avait déjà appris beaucoup de choses, mais repasser son linge, c'était au-dessus de ses forces. Quant à le plier, il n'avait jamais réussi et ne réussirait jamais. Pour ses chemises, il rabattait les manches et donnait à l'ensemble une forme plus ou moins carrée ; du coup, elles se retrouvaient aussi froissées qu'au départ. Alors qu'Ada avait une façon délicate de disposer les manches vers l'intérieur et de retourner la chemise sans provoquer la formation du moindre pli : avec elle, tout était délicieusement symétrique et lisse.

Il aimait la regarder manier le fer à repasser, en général le dimanche après-midi. Elle traitait le tissu comme les tulipes et le chou-fleur : avec délicatesse et méticulosité. C'était comme un ballet, mais avec des cols, des revers et des serviettes de table. Ada profitait de ces moments pour plonger dans ses pensées, se perdre dans un monde qu'Otto connaissait bien – ou du moins le pensait-il à l'époque. « Je déteste les choses qui se fripent, qui se ratatinent, lançait-elle subitement, un tantinet irritée.

— Comme quoi, par exemple ? Les bananes ? répondait Otto, heureux de tenir une occasion de la taquiner.

— Parfaitement. Les fruits, les habits, les gens.

Tu sais ce qui me désole ?

— Quoi donc ?

— Le fait de me ratatiner, de devenir moi-même toute fripée avec les années. Regarde-moi ce bras. Tu te rappelles comment il était avant ?

— Mais les nouveau-nés aussi sont tout fripés. Avec des petits plis qui font presque comme des rides.

— Je sais bien. N'empêche, j'aime pas. »

En silence, tous deux fixaient leur attention sur le set de table que la maîtresse de maison repassait avec application. Celui avec leur motif préféré : le dessin d'une rose sur un piano, avec en arrière-plan deux flûtes à champagne. Et l'inscription : « La femme vertueuse édifie son foyer. »

Otto ne put se retenir :

« Mais, sérieusement, tu penses vraiment à ça ? Je veux dire, tu as déjà longuement médité sur ce sujet précis ?

— Non. Mais je voudrais avoir plus de temps pour ce genre de choses.

— On pourrait parler de ça samedi. Qu'en penses-tu ? Après la rediffusion de *Prédateurs mortels*. »

Mais, ce samedi-là, ils oublièrent ce qu'ils avaient prévu, résultat : plus jamais ils ne discutèrent des choses qui se fripent. Un sujet qui les aurait occupés toute la soirée, voire toute la nuit, ou sur lequel ils se seraient régulièrement chicanés. C'était là une des plus grandes frustrations du vieil homme : tant de discussions inachevées, tant de choses interrompues, et elle n'avait même pas terminé de lui résumer l'épopée hindoue qu'elle lisait depuis le début de l'année. « Donc, cette femme est née de l'utérus d'un poisson, enfin, d'après le narrateur et le dieu à tête d'éléphant qui consigne l'histoire. Elle empestait terriblement la poiscaille, ce qui pour une fille à marier n'était pas plus formidable à l'époque qu'aujourd'hui. Toujours est-il qu'ils sont vachement stricts ; par exemple, il y a un passage où un personnage vient trouver sa mère et lui dit : "Mère, devinez ce que j'ai gagné !" Et la mère, distraitement, lui répond : "Peu importe, mais tu devras partager avec tes frères." Le fils : "Mais c'est une femme ! Je l'ai gagnée dans un tournoi." La mère, résignée : "Je ne peux pas renier mes paroles. Tu feras ce que je t'ai dit." Et l'épouse du type devient finalement la femme des cinq frangins. Ils sont vachement sérieux. Pas vraiment du genre à plaisanter. »

Ada s'était entichée du mot « vachement », que du jour au lendemain elle s'était mise à utiliser à tout bout de champ. Cette nouvelle manie avait le don d'horripiler Otto, qui tint à s'informer sur la signification et les origines du mot en question. Ada s'en alla d'un pas résolu consulter sa voisine Mariana, qui après tout avait étudié à l'université. Elles émirent ensemble deux hypothèses étymologiques. La première, de nature kilométrique : dans « c'est vachement loin », il s'agit de traduire l'idée d'une distance excessive, au point que même une vache serait épuisée avant de l'avoir parcourue. Et quand on dit : « il y a vachement à manger », c'est pour évoquer une quantité de nourriture qui suffirait à rassasier un bovin. « Quelle que soit l'origine de l'expression, on voit bien que tu l'utilises à tort et à travers », insista Otto après avoir entendu l'explication. Mais Ada ne l'écoutait plus. « Je suis à moitié sourde de cette oreille », prétendait-elle.

Il y avait bien des choses qu'Otto aurait voulu lui dire, mais ça n'avait pas été possible. Parfois, le matin, quand ils décidaient de rester à lire dans le jardin, Otto levait les yeux de son livre et observait longuement son épouse. Dans ces moments-là, il aurait aimé déclarer quelque chose de remarquable – sur les plantes, le soleil, la quantité de blagues connues d'eux seuls qu'ils collectionnaient depuis le bal de 1955 –, mais finissait toujours par renoncer. Ada tombait sur un passage intéressant qu'elle lisait à voix haute, ou elle était prise d'un doute et profitait de sa présence pour le consulter : « Ça veut dire quoi, sinapique ? Ça a un rapport avec les plantes ? »

Otto aurait voulu lui dire que ça l'énervait, oui, quand elle passait tout l'après-midi chez un voisin – parce qu'il aurait aimé l'avoir pour lui seul. Ou alors, plus encore, parce qu'il enrageait à l'idée qu'elle puisse trouver leurs voisins intéressants, tandis que lui devait faire des pieds et des mains pour attirer son attention. « Ou ça concerne la nourriture, tu crois ? » insistait-elle. Otto demandait le reste de la phrase pour se faire une idée du contexte. Ada s'éclaircissait la voix et lisait tout haut : « "Sílvia s'interrogea sur le mélange à haute teneur sinapique qu'elle avait sous les yeux, toussota, puis se laissa emporter par les arômes acides qui flottaient alentour."

— Mais qu'est-ce que c'est que ce bouquin ? s'écriait Otto, en ajustant ses pieds sur la chaise.

— Tout ce que je te demande, c'est si tu sais oui ou non ce que signifie sinapique. Alors ?

— C'est l'adjectif qui désigne ce qui se rapporte à la moutarde.

— Ah.

— Tu y vois plus clair ?

— Non. »

Cependant, si Otto avait eu la chance de pouvoir dire une dernière chose à Ada, ça n'aurait rien été de particulièrement profond ou décisif. Il lui aurait probablement dit « Bonne nuit » et l'aurait laissée se reposer.

Aníbal avait un plan. Pour son travail de facteur, il quittait son domicile tous les matins à sept heures, gagnait le bureau de poste où il triait le courrier qui lui revenait, puis, dès après le déjeuner, partait faire sa tournée. Tant qu'il pourrait chanter à pleins poumons et saluer tous ceux qu'il croisait en distribuant ses lettres, il considérerait sa mission comme accomplie : il aurait beau être triste, il ne le serait jamais au travail. Et il contribuerait à améliorer le moral des habitants du quartier. « Si vous entonnez *Mary avait un petit agneau* en chantant faux de la première à la dernière note, vous ne pouvez que vous sentir heureux », proclamait-il à l'intention du personnel de la pharmacie. Quand on l'interrogeait sur ses formules de politesse atypiques, il répondait, en rechaussant ses lunettes noires : « À Pâques, je souhaite un joyeux Noël. Et le jour de la Toussaint, je chante *Mon beau sapin*. Vous saisissez ? » Pour sa chanson préférée, en revanche, nul besoin d'attendre une date en particulier ; c'était une ritournelle apprise dans son enfance, quand il était scout :

Oh l'affreux coquin
Qui m'a volé mon amoureuse
J'en trouverai une autre demain
Comme pépé mais sans dent creuse

Les paroles n'avaient guère de sens, comme dans tant d'autres refrains de son répertoire – pour la verve artistique d'Aníbal, plus c'était énigmatique, mieux c'était. Chanter aidait à passer le temps, à se divertir, et peu importait qu'il soit question dans la chanson des petits oiseaux ou d'hygiène buccale. Le grand bonheur, c'était de chanter à tue-tête et de crier « Courrier ! » au beau milieu du couplet.

Aníbal était contrarié quand la météo prévoyait une tempête pour le lendemain. C'était dans ces moments-là, et dans ces moments-là seulement, que la tristesse l'envahissait à l'idée qu'il travaillerait les pieds mouillés, le dos glacé et la goutte au nez. Quand c'était le cas, il chantait encore plus fort jusqu'à ce qu'il oublie les conditions atmosphériques et le fait que ses tennis n'étaient pas aussi imperméables qu'elles auraient dû. Dans pareilles circonstances, *La Berceuse des éléphants* devenait indispensable :

Tu aimes les éléphants
Bien plus que tu ne m'aimes, pas étonnant
Ils ont la patience, ils ont la gloire
Ils ont deux défenses en ivoire

Il répétait ça en boucle, en se bouchant les oreilles, avec la voix grave d'un crapaud macabre. Et ne se privait pas d'arranger les chansons à sa sauce, ce qui produisait à l'occasion une sorte de punk rock dissonant, surtout quand il tombait des cordes.

Toutes les crises provoquées par le mauvais

temps ou les chiens méchants étaient surmontées à l'aide d'une chanson, qu'il entonnait encore et encore jusqu'à la trouver très, mais vraiment très drôle. Lorsque *La Berceuse des éléphants* cessait de faire effet, il changeait pour *La Bella Polenta* ou *Si Adelita se fuera con otro*, parfois en tambourinant sur son paquet de lettres.

Il songeait à tout cela lorsqu'il aperçut, telle une cible mouvante, le petit vieux du n° 41 traîner ses savates vers chez sa voisine, en vue de lever le malentendu épistolaire qu'il venait de provoquer. Prenant conscience qu'il était à l'origine d'une profonde crise d'angoisse, il fonça droit vers Otto, la collision semblant inévitable. Il était résolu à deviser sur le trottoir le temps qu'il faudrait, même si ça devait lui coûter son travail. « Alors, ça roule Raoul ? s'écria-t-il. Joyeuses Pâques !

— Bonjour, répondit Otto.

— Ça boume ? Le bonheur ? » attaqua le facteur. Malgré l'absence de réponse de la part d'Otto, il ne voulut pas baisser les bras.

Si Otto avait dû évoquer par la suite sa conversation avec le facteur, il aurait tout simplement indiqué qu'elle avait suivi un cours étrange et qu'il avait été question de psychiatres. Otto ne fit que de rares interventions, car, en général, il préférait garder ses distances avec cette incarnation du raseur patenté déguisé en employé des postes.

Au point d'essayer parfois de se sauver en prétextant une migraine foudroyante ou une surdité temporaire.

« Attendez, c'est pas fini. Je m'ennuyais à mourir de la première à la dernière des cinquante minutes que durait la séance, alors un jour je me suis mis à en raconter d'énormes. Rien que des salades, juste pour voir si le type suivait. J'inventais des horreurs. Je lui ai dit que mon père se contentait pas d'être autoritaire, qu'il lui arrivait aussi de me donner des coups sur la tête. Parfaitement mérités, d'ailleurs. Je lui ai dit que j'avais été élevé dans la misère, que je mangeais pas à ma faim et que j'avais souffert de malnutrition. Je lui ai raconté que j'avais commencé à travailler à l'âge de neuf ans – c'était un peu exagéré, j'ai commencé à douze – et que ma mère gardait tout l'argent pour elle – exagéré là encore, elle le mettait de côté pour moi, sinon je dépensais tout en roudoudous. Vous connaissez ?

— Oui. C'est très mauvais pour les dents.

— Il se penchait en avant sur sa chaise, comme ça, de plus en plus intéressé. Et il arrêtait pas de prendre des notes. Si bien qu'il a pas vu le temps passer, c'est moi qui ai dû lui dire : "Bien, la séance est finie." La semaine suivante, je lui ai raconté que je me posais des questions sur l'utilité de mon travail de facteur. Que je me sentais coupable d'apporter des mauvaises nouvelles aux gens.

— Hum.

— Et puis je me suis lâché pour de bon et j'ai inventé à tout-va. Je me suis jamais autant amusé de ma vie.

— Eh ben.

— À peine assis, je débitais les trucs les plus absurdes. Ce type s'ennuyait autant que moi, alors c'était un service que je lui rendais, dans le fond. Et chacun y trouvait son compte. J'ai commencé par lui raconter que j'avais fugué, puis tâté des drogues dures. Que je volais l'argent de mes parents et arrachais les sacs des jeunes femmes pour m'acheter du crack. Je lui ai dit aussi que j'aimais utiliser le maquillage de ma sœur et dévorer mes affaires de classe.

— Quoi ?

— Parfaitement. J'ai inventé tout un historique détaillé de mes pulsions terroristes et j'ai pleuré à chaudes larmes en racontant une crise d'agoraphobie. Je me suis vraiment bien marré. Mais la thérapie que m'avait obligé à suivre l'entreprise était prévue pour durer seulement trois mois. J'ai donc dû stopper mes séances avec le psy, à son grand désespoir, à tel point qu'il m'a presque supplié de revenir le voir. Il était prêt à faire mon suivi gracieusement, uniquement par intérêt scientifique. J'étais un cas rêvé pour tout spécialiste de l'esprit humain. Dommage qu'il ait fallu arrêter, c'était chouette finalement.

— Et apparemment ça a marché.

— Oui, mais pas grâce au traitement. C'est juste que j'ai fini par trouver ma voie, un peu comme quand on change de code postal.

— Je vois… Mais vous avez eu l'occasion de lui raconter que vous passiez votre temps à chanter ? Je veux dire, pour conjurer le mauvais temps ?

— Ah… Non. En y repensant, j'aurais dû.

— Oui, ç'aurait pu être utile, soupira Otto.

— Quoi qu'il en soit, une chose est sûre : si je devais retourner consulter le médecin pour les fous à présent, ce serait bien différent.

— Pourquoi ça ?

— Eh bien, parce que, aujourd'hui, j'ai vraiment des problèmes. Je veux dire, depuis l'incident. »

Otto fronça les sourcils et réfléchit un instant. « De quoi parlez-vous ?

— Comment ça ? répliqua le facteur.

— Je n'ai pas compris.

— Qu'est-ce que vous n'avez pas compris ? »

Aníbal laissa tomber plusieurs lettres par terre, puis fila en trombe, car il était déjà en retard. Le vieux resta figé sur le trottoir, légèrement hébété. Dans ses mains moites tellement il était nerveux, il tenait toujours la lettre destinée à Iolanda. Quels graves problèmes le facteur pouvait-il avoir ? Ongle incarné ? Courrier égaré ? Et cet « incident » dont il avait parlé ? Tout cela semblait parfaitement insensé, comme toujours avec les habitants de ce quartier. Otto n'avait pas le souvenir d'avoir rencontré un seul voisin normal depuis qu'il vivait dans la maison jaune. Au loin, le facteur continuait son travail :

Quand Ferdinand VII
Enfile sa jaquette,
(Courrier !)
Il enfile sa jaquette.

Le vieux haussa les épaules et se remit en route vers chez Iolanda. Soudain, il se dit qu'il était idiot. Pendant tout le temps qu'il venait de passer avec Aníbal, il n'avait pas songé une seule fois à lui demander de rectifier son erreur et d'aller remettre lui-même la lettre à Iolanda. Car, après tout, c'était bien sa faute.

Otto n'avait presque jamais rien caché à Ada, si ce n'est qu'il aurait vraiment aimé avoir un lapin comme animal de compagnie – désir qu'il avait d'ailleurs fini par lui avouer, en baissant les yeux, un an avant qu'elle décède. Elle était partie d'un grand éclat de rire, n'en revenant pas qu'il ait pu garder si longtemps un secret pareil. Puis elle avait posé la main sur l'épaule d'Otto et suggéré qu'ils aillent sur-le-champ acheter le léporidé de son choix. Le vieil homme, encore tout gêné, estimait ne plus avoir l'énergie suffisante pour s'occuper d'un être vivant à ce stade de son existence. Il avait décliné la proposition. Le moyen terme le plus satisfaisant dont ils aient réussi à s'approcher était un lapin en pierre très gracieux qu'Ada avait acheté à la papeterie pour l'offrir à son mari à l'occasion de leurs noces d'or, ou, comme ils disaient, de leurs noces de chou-fleur. Si l'idée était, pour chaque année de mariage supplémentaire, de trouver quelque chose de plus noble pour symboliser leur union, alors les tulipes et le chou-fleur étaient tout indiqués. Il y avait eu les noces de gâteau à la carotte et aussi une année où ils avaient décidé de fêter leurs noces d'os, juste pour le plaisir de l'assonance, tout en reconnaissant volontiers que l'os n'était en rien supérieur à la turquoise, à l'argent ou au corail. L'année de la disparition d'Ada, ils auraient célébré leurs noces de couverture à carreaux.

Le secret qu'Otto avait conservé le plus longtemps concernait un épisode survenu dans les années soixante-dix, mais révélé seulement une dizaine d'années plus tard. Otto, qui occupait alors un emploi dans un bureau, était tombé amoureux d'une fille sophistiquée, ancienne championne de gym artistique. Elle s'appelait Aurora et, pour ce qu'on en savait, était grande avec des courbes avantageuses, parlait couramment l'allemand et écrivait des petits billets pleins d'esprit à un Otto de plus en plus envoûté. Ils déjeunaient souvent ensemble. Aurora était douce, elle aimait les films noirs et exerçait des fonctions de comptable au sein de l'entreprise. À vingt-quatre ans, c'est elle qui touchait le salaire le plus élevé de tout le département et elle préparait un doctorat entièrement financé par son employeur. Ada avait alors trente-sept ans et les robes courtes ne lui allaient plus aussi bien qu'avant. Le problème dura quatre mois – Otto n'en dormait plus la nuit, il n'arrêtait pas de gamberger et, miné par l'angoisse, avait maigri de sept kilos. Ada ne se doutait de rien. À cette époque, son teint avait déjà perdu de son éclat, et elle n'avait ni la souplesse ni la démarche gracieuse d'Aurora qui, lorsqu'elle se baissait pour attraper un dossier, ressemblait à un pélican céleste. Tous les hommes du bureau en étaient dingues, mais c'était avec Otto qu'elle parlait le plus. Il mourait d'envie de l'inviter à sortir, de lui adresser des lettres longues de cinq ou six pages et de coiffer sa chevelure claire et soyeuse. Otto aimait Ada, mais il ne pouvait s'empêcher de penser à Aurora.

Une décennie après, presque trop tard pour que cela ait encore un sens, il avoua à Ada qu'il y avait eu à une époque une fille très jolie au bureau et, alors même qu'elle avait tous ses collègues à ses pieds, c'était de lui qu'elle était tombée amoureuse, un homme marié qui aimait se promener en pyjama à cinq heures de l'après-midi. Ada ferma les yeux, soupira. Elle ne voulut rien savoir de plus. Elle tourna le dos à Otto et annonça qu'ils iraient dîner au supermarché. (Avant cela, cependant, elle lui fit observer que, si Humphrey Bogart ne souriait pas, c'est parce qu'il avait de grandes dents – par précaution, Otto préféra faire profil bas pour cette fois.)

3. IOLANDA

C'est chez Iolanda qu'Otto perçut quelque chose d'étrange pour la première fois. Une sensation désagréable qui se manifesta dès que la voisine ouvrit la porte pour l'accueillir.

Otto savait peu de choses sur Iolanda et sa famille, au-delà de ce qu'il pouvait entendre de jour comme de nuit, renvoyé en écho par tous les murs carrelés de son patio. À soixante-dix ans passés, elle était à moitié sourde et s'adressait toujours à son neveu en hurlant, comme si elle avait été dans une autre pièce, une autre dimension, une bulle. Le problème – pour Otto –, c'est qu'elle persistait à s'entretenir avec son neveu de sujets compliqués en s'époumonant, au lieu d'aller tout simplement le trouver pour discuter comme un être humain normal.

Du vivant de sa femme, Otto prenait un malin plaisir à s'inviter, depuis la cuisine, dans la conversation tapageuse de ses deux voisins. Parfois, il poussait le bouchon si loin qu'Ada était obligée de le bâillonner avec le rideau, de peur d'offenser

Iolanda.

Non pas qu'Ada eût une affection particulière pour sa voisine, surtout ces dernières années où les accrochages s'étaient multipliés à cause du tintamarre qu'elle faisait, de ses chihuahuas névrotiques et de l'épaisse broussaille de son jardin qui attirait des hannetons et des moustiques gros comme des huîtres. Mais les voisins sont les voisins, et Ada s'efforçait de ne pas aggraver sa brouille avec quelqu'un dont elle avait été très proche à une époque et qui n'habitait qu'à un jet de pierre.

De sorte que les grossièretés d'Otto n'étaient pas du goût d'Ada, qui se répandait en excuses publiques – y compris quand il n'avait rien fait de répréhensible. « Ça fait deux semaines qu'il dort mal, le pauvre », prétextait-elle en hochant la tête, et Iolanda faisait mine de compatir.

C'est à cause d'Otto qu'Ada, au cours des derniers mois de sa vie, avait essayé de se rabibocher avec la voisine, en s'intéressant à sa passion pour l'Inde et en allant même jusqu'à lui emprunter la fameuse épopée avec la femme née de l'utérus d'un poisson. Tout cela en vue d'atténuer l'animosité réciproque entre Iolanda et son mari, en réalité des bisbilles qui n'avaient rien de dramatique.

Les sorties indésirables d'Otto pouvaient se produire de la façon suivante : par exemple, un dimanche matin, à sept heures, Iolanda et son neveu se préparaient pour partir à la pêche. Le garçon alla se laver en premier. Otto dormait profondément dans son lit extra-moelleux lorsque les premiers cris se firent entendre :

« Il est nul, ce savon ! beugla le neveu depuis la douche.

— Quoi ? hurla la tante.

— Il est nul ! Ce savon est NUL !

— Comment ?

— Le savon !

— Je l'ai acheté chez Sonda. Il était en promo.

— Qui ça ?

— Il était en PROMO.

— Tu peux m'en attraper un autre ?

— Quoi ?

— Tu peux m'en attrap... »

À cet instant, Otto, relevant la tête de l'oreiller, intervenait :

« Il vous demande de lui donner un autre SAVON ! Parce que celui que vous avez acheté en promo, il vaut pas un clou ! Vous entendez ? Il est nul ! Complètement merdique ! »

À d'autres moments, il entendait une histoire à rallonge racontée pour la seconde fois entre la cuisine et le jardin de devant, dans ses moindres détails. Il arrivait qu'elle soit amusante, comme celle-ci, qu'Otto capta à l'automne 1994, même si, le plus souvent, ce n'étaient que des propos creux et sans intérêt :

« Alors elle a dit… Elle A DIT qu'elle avait un AMI qui s'appelait Hawannacazz. Tu m'entends ?

— Comment ?

— Hawannacazz !

— Ah, bon !

— Et alors un jour cet ami décide d'organiser une fête… Cet Hawannacazz… Il cherche un endroit assez GRAND pour accueillir tout le MONDE.

— Aha…

— Or, quelqu'un connaît un entrepôt qui appartient à une DAME, une certaine Mme Saturne.

— Oui.

— Donc, il se rend sur place et…

— Quoi ?

— DONC, il se rend sur PLACE et lui dit : Madame Saturne, je suis venu pour voir l'espace !

— Pas possible !

— Ouah ha ha ! Madame Saturne, je suis venu pour voir l'espace ! »

En gros, voilà ce qu'Otto savait de la vie de Iolanda : primo, elle vivait seule avec son neveu. Secundo, elle souffrait de problèmes auditifs qu'aggravaient les aboiements constants de ses chihuahuas hystériques. Tertio, elle adorait danser et migrait vers le littoral en période estivale. Ses chihuahuas se retrouvaient seuls et hurlaient toute la nuit, au grand désespoir d'Otto, qui ne pouvait plus dormir. Quarto, elle passait un temps fou à se sécher les cheveux, allumer des bâtons d'encens aux parfums fleuris, préparer des milk-shakes avec son robot mixeur et regarder les émissions de la chaîne évangéliste à plein volume quand elle se sentait déprimée. Le son de la télé associé aux aboiements des chihuahuas estompait la mélancolie de Iolanda, septuagénaire célibataire qui se teignait les cheveux couleur acajou et mettait toujours son rimmel n'importe comment, à cause de sa vue défaillante.

Le reste, il essayait de ne pas l'écouter – encore qu'il ait manifesté, durant un certain temps, un intérêt particulier pour les conversations téléphoniques de Iolanda, à l'époque de sa conversion à la religion vedânta. Tout en arrachant les mauvaises herbes dans son jardin, elle appelait le moine sur son portable pour parler du *bhava samadhi* et disait des choses comme « Il faut goûter le sucre au lieu de devenir sucre », sentences qu'Otto ne manquait pas de noter afin de pouvoir les répéter à son épouse. Lui qui pensait que ces questions ne pouvaient être abordées qu'en chuchotant dans un temple en marbre entouré de pivoines au milieu d'un lac. Des pivoines aux allures de jeunes danseuses. Il trouvait ça incongru de demander au *swami* le sens véritable de la trinité *Bhâgavata-Bhakta-Bhagavân*, puis de brutalement interrompre la conversation au motif qu'elle n'avait presque plus de batterie (mais qu'il n'hésite pas à lui envoyer la réponse par SMS). Malheureusement, leurs échanges n'étaient pas toujours captivants. « Car Il est la personnification de la douceur », avait-elle l'habitude de répéter. Iolanda n'appréciait jamais autant la sagesse vedânta que lorsqu'il était question de douceurs.

Mais, à la fin de l'année, Otto entendit subitement les pas d'une troisième personne chez sa voisine. Cette personne ne répondait jamais à distance aux cris de Iolanda ou de son neveu : elle rejoignait la maîtresse de maison en traînant ses tongs et lui demandait, à voix basse, si elle pouvait aider à quelque chose. Étrangement, Ada ne savait pas qui était cette créature en tongs ni ce qu'elle faisait là, mais elle s'engagea à tirer l'affaire au clair dès la prochaine réunion de quartier. Plus étrangement encore, elle ne tint pas promesse – peut-être parce qu'elle était morte avant d'en avoir eu le temps. Ou peut-être était-elle morte à cause de cela. Lorsque cette pensée lui traversa l'esprit, Otto oublia tout pendant un instant et esquissa un sourire : la mort de son épouse était peut-être liée à une sordide affaire criminelle avec de mystérieux étrangers en tongs, des tulipes et des yogis sataniques. En cherchant à s'informer sur l'identité de l'inconnue, Ada avait mis le doigt dans un engrenage sanglant dont elle avait fini par être elle-même la victime. Afin de maquiller leur crime, les assassins avaient utilisé ce fameux traitement qui efface les empreintes digitales – la mafia aux doigts desquamés. Elle aurait aimé cette théorie. Ada avait pour habitude de dire qu'elle souhaitait mourir sur une plage paradisiaque, victime d'un aérolithe tombé d'un arbre à pain. « Dès lors que j'ai droit à une mort intéressante… » disait-elle. Mais la réalité avait pris un tout autre tour.

Le jour où Otto alla remettre la lettre à Iolanda, il dut entrer et accepter de prendre le thé avec des biscuits faits par sa voisine, qui profita de cette occasion pour lui montrer les photos de son voyage à Bangalore. « Je n'aime pas les biscuits avec trop de son », affirma-t-il. La belle blague : Otto aimait les biscuits autant qu'il s'aimait lui-même. « Rien qu'à les voir, je m'étouffe déjà », ajouta-t-il, servant une fois de plus un de ses mensonges irréfléchis venus de nulle part et qui atterrissaient dans la conversation bien malgré lui. C'est comme s'il y avait eu deux Otto : l'un voulant à tout prix bavarder, quel que soit le sujet (peut-être pour se sentir ainsi plus proche d'Ada), tandis que l'autre aurait mieux aimé se trouver en enfer le dos brisé. « J'ai une tante qui est allergique aux biscuits », déclara-t-il, mais la voisine ne releva pas.

Dans la cuisine de Iolanda, Otto découvrit enfin la nouvelle habitante de la maison : une maigrichonne d'une quinzaine d'années, rouquine à la peau très blanche, avec une robe des plus banales et des tongs. Elle s'appelait Eilinora. Elle ne fut pas présentée à Otto, et ne leva même pas les yeux pour le saluer. Elle continua à repasser une pile de vêtements quasi pornographique qui recouvraient entièrement la table de la salle à manger et qu'elle répartissait ensuite par catégories : chemisiers, pantalons, bermudas, robes, vestes, châles. C'était bien trop pour appartenir seulement à Iolanda et à son neveu, à moins qu'ils n'aient laissé s'accumuler la lessive de tout un mois.

À travers le rideau de vapeur qui montait du fer, on voyait la jeune rouquine lisser des ourlets à contrecœur. Iolanda expliqua qu'elle était paresseuse, désordonnée, et que repasser cette pile de chemises était bien le moins qu'elle pût faire vu le salaire astronomique qu'elle touchait. D'ailleurs, si Otto le souhaitait, il était invité à confier son panier de linge à Eilinora qui se chargerait de le repasser et de le lui plier.

Eilinora lança un regard foudroyant à sa patronne, qui haussa les épaules et s'assit pour montrer les photos de Bangalore, « la ville des haricots bouillis ». Otto resta debout, s'efforçant de trouver un prétexte pour fuir au plus vite. Une vue panoramique du palais d'été du sultan Tipû, avec devant, telles deux fourmis, Iolanda et son neveu. Il tourna la page. Une photo de Iolanda toute rondouillette, du haut de ses soixante-dix ans, vêtue d'un sari rouge et or, le front ceint de bijoux, avec des milliers de bracelets en verroterie et un collier de fausses émeraudes. Elle prenait une pause ridicule avec les mains, comme une actrice de Bollywood exécutant une pseudo-danse du ventre. Iolanda dans un rickshaw. Iolanda et son neveu dans les jardins de Lumbini, face à une statue dorée, puis, immédiatement après, dans un Hard Rock Cafe, sirotant une *caipirinha* bien méritée en faisant coucou à l'appareil photo. Otto allait mettre des mois pour effacer ces images de son cerveau. Iolanda serrant dans ses bras un pauvre *swami*, tout penaud, l'air affligé. Iolanda la bouche en cul de poule devant un monument orange. Otto était tétanisé, mais l'album était tellement épais qu'il prit une décision. Il déclara avoir oublié un rôti au four, il devait se dépêcher de rentrer, merci infiniment pour les biscuits, portez-vous bien.

D'un mot, il prit congé de la rousse Eilinora et, tandis qu'il filait vers la porte, il comprit que Iolanda s'adressait encore à lui, en criant, depuis la cuisine : « … Et celle-là, fabuleuse, on a atteint le sommet du monument sacré juste avant l'arrivée des gardiens. C'est le jour où on est allés voir un lac gigantesque et il y avait une statue de ce dieu éléphant assis sur un… »

En sortant, Otto tomba sur le neveu de Iolanda,

qui rentrait de la fac. Il remarqua avec une certaine stupéfaction que les vêtements du garçon étaient horriblement froissés. À se demander si on les avait repassés.

Désormais, à chaque instant de la journée, Otto ressentait ce qu'il avait l'habitude d'éprouver avec Ada, quand il se concentrait pour s'endormir. Enfant, déjà, en colonie de vacances, il avait la sensation affreuse d'être le seul de la tente à être éveillé, le dernier à trouver le sommeil. Ses camarades commençaient par se coucher sur leur matelas en mousse et papotaient au sujet des activités de la journée, du garçon tombé dans les feuillées, de l'explosion du réchaud et de la pluie de boulettes de viande qui s'en était suivie. Quelqu'un faisait une blague, un autre lâchait un rot et Otto se sentait le plus heureux du monde, jusqu'à ce qu'il perçoive comme un déclin de la conversation. C'était très net : Nuno, qui était en train de raconter une histoire à rallonge, s'interrompait brutalement et abandonnait la séance de bavardage. C'était le premier à s'endormir – le premier à nous quitter, pensait Otto.

La conversation changeait alors son cours pour se porter sur les cafards qui venaient manger les cochonneries dans le nez des enfants pendant leur sommeil. « Ici par exemple, comme on dort par terre, ils peuvent arriver tout doucement… et venir se régaler de nos crottes de nez, annonçait l'un des gamins. Parce que c'est super sucré, tu savais ? »

Ensuite, nouvelle défection lorsque Boca provoquait Mancha et que celui-ci ne réagissait pas. Otto commençait à entendre quelqu'un ronfler, un quasi-grognement, puis le silence envahissait la tente. Le compte à rebours était enclenché, ils n'étaient plus que cinq, puis quatre, et finalement seuls restaient éveillés Otto et un garçon avec une grosse tête qui n'était même pas son copain. Terrorisé à l'idée de perdre aussi Grosse-Tête, Otto racontait les histoires les plus passionnantes qu'il arrivait à imaginer, forçait la voix, essayait de combler le vide, riait de ses propres plaisanteries, puis finissait par capituler. Il tentait une question, qui restait sans réponse. Quand Otto demandait « Tu dors ? », la solitude le guettait déjà et il mettrait une éternité avant de s'endormir à son tour.

Otto avait toujours eu du mal à trouver le sommeil, tandis qu'Ada était déjà en phase paradoxale avant même d'avoir posé la tête sur l'oreiller. L'insomnie pour elle, ça voulait dire passer cinq minutes à tourner dans son lit, à ruminer des remords après avoir commis un crime ignoble. « Même si tu tuais un innocent avec des ciseaux à bout rond, le genre de truc vraiment sanglant, et psychologiquement épuisant, même si tu devais passer ta vie à jouer au chat et à la souris avec la police et à fuir un fantôme enragé, tu ne mettrais pas plus de vingt minutes à t'endormir. Grand maximum », lui disait son mari. Alors que, pour Otto, l'insomnie, c'était affronter quatre heures d'une veille exaspérante et vaine, au bout desquelles il dressait un bilan catastrophique de son existence et décidait de ne plus jamais se réveiller. Pendant quatre heures sans fermer l'œil, on a le temps de faire l'aller simple jusqu'en enfer et d'y rester à ressasser des choses terribles et angoissantes, anticipant la mort d'êtres chers et laissant remonter à la surface ce qui aurait dû rester pour toujours enterré dans les profondeurs du passé : des disputes jamais réglées, des haines ravalées envers des gens disparus depuis des lustres, des choses entendues et demeurées incomprises, des tragédies, des nouvelles affligeantes. En quatre heures, on a le temps de revisiter les pires moments de son existence, dans l'ordre, et en prime on finit en sueur avec des maux de gorge et une tachycardie.

Il pensait beaucoup à la mort, à ce que ça ferait de dormir pour l'éternité. Pendant que les heures défilaient, il s'efforçait de rester immobile en faisant mine d'avoir rendu l'âme ; il essayait d'imaginer comment ce serait d'avoir un corps sans vie, flottant dans un vide éternel, et de ne plus jamais rouvrir les yeux, toutes ces choses joyeuses et édifiantes auxquelles on songe quand on n'arrive pas à dormir. Il essayait de se sentir dans la peau d'un cadavre étouffant dans un cercueil verni, six pieds sous terre. Se demandait de quelle façon sa mort surviendrait, s'il allait beaucoup souffrir et à quoi ressembleraient ses dernières heures. À vrai dire, il n'avait pas tellement besoin de s'interroger, car il le savait pertinemment : ses dernières heures auraient un arrière-goût de laitue, exactement comme ses nuits d'insomnie ou quand ses copains s'endormaient. Exaspérantes, solitaires, absurdes. À tel point qu'il n'y avait même pas de quoi pleurer. (Telles étaient les insomnies d'Otto.)

Il aurait eu envie de rester à discuter avec sa femme la nuit entière, comme quand il était en colonie de vacances, et de soudain rallumer la lumière pour manger des beignets au fromage. Ou de la sentir éveillée à ses côtés, partageant ses angoisses, insomniaque par solidarité, se levant toutes les demi-heures pour aller aux toilettes. Mais non : quand ils se couchaient, ils avaient tout juste le temps de se souhaiter bonne nuit qu'Ada dormait déjà. Otto se retrouvait face à l'immensité d'un sommeil qui ne venait pas – seul et silencieux, comme la rue et les fenêtres.

Une fois, bien des années auparavant, Ada avait décidé de faire une expérience. Puisque son mari souffrait d'insomnie et qu'elle ne tenait pas à le voir somnambuler à travers la maison à cause des effets secondaires de l'hémitartrate de zolpidem – allez savoir ce qu'il ferait du stock de glaces ! –, elle résolut d'expérimenter une solution maison, un somnifère comme en préparait sa grand-mère : de la tisane de laitue.

Otto eut beau dénoncer ce plan stupide, Ada le traîna jusqu'à la cuisine et lui demanda de mettre de l'eau à bouillir pendant qu'elle retirait le cœur d'un gros pied de salade tout dégoûtant. Après l'avoir lavé, elle en détacha les feuilles, les coupa distraitement, jeta le tout dans la casserole et resta à regarder. Ils patientèrent. Après cinq minutes de cuisson, et de silence solennel (Otto craignit que son épouse ne s'endorme sur place), l'eau prit une couleur jaune-verdâtre et Ada se félicita du succès de l'opération. Elle couvrit la solution herbacée, attendit encore un peu, puis servit son mari qui, à ce stade, s'était déjà enfui dans le jardin.

Cet hiver-là, Otto fut contraint d'avaler une tisane de laitue tous les soirs, sans le moindre résultat concret, si ce n'est des douleurs au ventre ainsi qu'une progressive et totale aversion pour les légumes-feuilles. Le soixante-dixième jour, il fut mis fin à l'expérience pour cause d'échec et de soulèvement du public cible, de sorte qu'Ada nota en conclusion de son compte rendu l'observation suivante : « Hypothèse réfutée. À bas la lactucine. La seule vue d'une laitue est devenue insupportable au cobaye. »

Au cours des années suivantes, Otto n'arrivait plus à se rendre au marché sans songer aussitôt à la solitude de ses longues heures de veille et aux mauvaises pensées qui l'assaillaient au milieu de la nuit, si éloignées d'Ada, qui avait le sommeil tellement lourd qu'on l'aurait cru morte. En général, ces pensées se dissipaient comme par miracle à l'heure du petit déjeuner, lorsque sa femme se levait d'un bond pour aller prendre sa douche, si bien que, au bout de quelques instants, il ne se rappelait même plus ce qui avait pu justifier si grande amertume.

Désormais, Otto souffrait d'une insomnie sans fin. Ses mauvaises pensées dureraient pour toujours puisqu'il n'y aurait plus jamais de matin – désormais, toutes ses nuits avaient un arrière-goût de laitue. Et Otto détestait les légumes-feuilles.

Dans le doute, Iolanda avait décidé de croire en tout. Elle avait commencé avec la vague *new age*, un mysticisme à base d'aquariums et de licornes, qui mélangeait déjà éléments métaphysiques orientaux, courants théologiques, croyances spiritualistes, animistes et parascientifiques, dans une tentative de symbiose avec la Nature et le Cosmos.

Au fil des années, sa maison finit par se transformer en un temple de la schizophrénie spirituelle : à côté de traités cabalistiques, on trouvait pyramides, cristaux, capteurs de rêves, symboles aztèques, bracelets énergétiques, petits bouddhas dorés, bougies de sept jours, bonsaïs porte-bonheur et encens à haute teneur en soufre. Sa bibliothèque regorgeait d'ouvrages sur les tarots, les runes, la réflexologie, les fleurs de Bach, les thèmes astraux, les gourous, les gnous, l'ésotérisme, les cauris, la numérologie, la gnose, l'acupuncture, le syncrétisme, la recherche intérieure, le développement personnel, la magie, la prédiction, la scientologie et les extraterrestres.

Iolanda devint également adepte de l'Église évangélique du rectangle de lumière doré, tout en continuant à se considérer comme catholique. Elle assistait aux offices, se promenait avec une bible sous le bras et essayait de prêcher la bonne parole au facteur, qui l'écoutait attentivement et, une fois qu'elle avait fini, lâchait une plaisanterie sur l'imminence de l'Apocalypse. Iolanda aimait aussi cette histoire des Quatre Cavaliers, la Peste, la Famine, la Guerre et la Mort, et jurait ses grands dieux que les évangiles apocryphes avaient été écrits par Marie-Madeleine avec l'aide de l'esprit Cassius. Dans ses discours, les Templiers se liguaient aux forces du mal, conspiraient avec la CIA pour occulter le rôle des Incas et empoisonner la planète en adjoignant du LSD à l'eau potable. Les Indiens aussi avaient leur place dans la cosmogonie particulière de Iolanda, et ce fut sans la moindre réserve qu'elle embrassa le sébastianisme.

Quand elle allait à la pharmacie, cette curieuse dame aux cheveux acajou attendait d'abord que tous les clients aient été servis, puis tendait à Nico son panier rempli d'élixirs de ginkgo biloba, d'ailerons de requin et autres classiques de l'homéopathie. Il poussait un long soupir et, aussitôt, Iolanda se lançait dans un exaspérant monologue visant à démontrer que le cancer était lié à un excès de rancœur, à la rétention de sentiments négatifs et à la mesquinerie dans son état le plus pur.

« J'avais quelqu'un comme ça dans ma parentèle », racontait-elle, en utilisant son mot préféré : parentèle. « Vous voyez ? Quelqu'un de mauvais, d'amer. Elle maltraitait ses enfants, cassait du sucre sur le dos de tout le monde, elle était radine et n'aimait pas les fêtes de Noël. Tout ce qui était spiritualité, elle ne voulait pas en entendre parler.

— Aha.

— Et voilà qu'un jour elle découvre qu'elle a la thyroïde.

— ...

— Mais il y a eu pire. Au bout du compte, toute cette rage qu'elle avait accumulée, ça lui a donné le cancer.

— Écoutez...

— C'est ce que je dis toujours, mon garçon : on

ne peut pas garder en soi ce qui est mauvais, il faut s'en décharger. Se débarrasser du mauvais esprit. Sinon, voilà ce qui arrive, on pourrit de l'intérieur. Cette dame de ma parentèle, par exemple…

— Madame Iolanda, je…

— … en deux semaines son cancer l'a emportée. Vous entendez ça, mon garçon ? Deux semaines ! Il avait déjà tout gangrené, et je vais vous dire une chose, que Dieu me pardonne : elle l'avait mérité. Et comment, qu'elle l'avait mérité. Les gens méchants attrapent le cancer. Châtiment divin, voilà ce que c'est.

— Madame Iolanda, ma grand-mère a eu un cancer du côlon. La mamie la plus adorable que j'aie jamais connue.

— Ah, mais elle devait bien avoir de la haine dans le cœur. Ou une douleur venue du passé. Ça, c'est de l'émotion réprimée, à tous les coups.

— Ma grand-mère avait des prédispositions génétiques, madame Iolanda. Rien à voir avec l'énergie du mal.

— Ah bon, mais dans votre famille on est plutôt porté à l'introspection ? Au ressentiment ? »

À ce stade, Nico baissait les bras. C'était encore plus épuisant que de traverser le pas de Calais à la nage poignets attachés. Il annonçait en relevant les yeux :

« Quinze soixante-cinq. En espèces ou par carte ?

— Par carte. Vous allez me dire que, pour vous, l'appendicite n'a rien à voir avec un blocage pathologique du flux de l'énergie positive, c'est ça ? Et la rhinite allergique, vous savez à quoi c'est dû ?

— Hérédité. Exposition à des agents allergènes.

— Congestion émotionnelle. Sentiment de culpabilité, délire de persécution.

— …

— Et la cervicalgie ?

— Malformation osseuse et surmenage musculaire, principalement si…

— Affaiblissement de l'aura. L'accumulation de graisses ?

— …

— Manque d'amour maternel.

— Madame Iolanda, j'ai un diplôme de préparateur en pharmacie. Je ne travaille qu'à partir d'hypothèses scientifiques.

— Mais tout ça est prouvé, mon garçon ! Je n'irai pas jusqu'à prétendre qu'il y a une relation de cause à effet, mais c'est lié, ça c'est sûr et certain. Réfléchissez une seconde : ceux qui ont des rhumatismes se plaignent généralement d'un manque d'amour. Une tension faible, c'est le défaitisme. Et on sait bien que la migraine touche les gens perfectionnistes. Quant à l'arthrite…

— Votre code.

— Ne faites pas cette tête-là.

— Je fais la tête que je veux. Je ne suis pas un

homme de foi, voilà tout. Le code, s'il vous plaît.

— Chassez donc cette énergie négative, mon garçon, sinon vous…

— Merci. Voici votre carte. Mais, dites-moi, à votre avis, l'absence de foi, c'est la goutte assurée ? Le typhus ? Une phlébite ?

— L'absence de foi conduit à l'échec. »

Entre Nico et Iolanda, ça finissait toujours comme ça. Dommage, car elle ne le laissait pas en placer une, si bien qu'il ne pouvait même pas lui faire part de sa dernière découverte en matière d'effets secondaires médicamenteux : ce jour-là, un remède contre l'hypotension qui pouvait provoquer des frissons.

« Chlorhydrate de midrodine, 5 mg », se disait-il à part lui, dans les moments d'accalmie à la pharmacie. Aucun doute : c'était un homme de science.

Après sa visite chez Iolanda, à quatre heures de l'après-midi, Otto ferma les fenêtres, songeant que c'était assez pour la journée et qu'il aimerait ne plus jamais voir personne. Cette Iolanda était une mystique folle à lier qui se fardait outrageusement et ne débitait que des âneries. Il n'arrivait pas à comprendre comment Ada avait pu soutenir avec elle une seule conversation un tant soit peu sensée. Cela dit, tout ce que Iolanda entreprenait obéissait à une certaine logique, même dévoyée, c'est pourquoi il y avait dans l'affaire de la rousse Eilinora quelque chose qui lui échappait. Ce n'était pas son genre d'embaucher une repasseuse désordonnée touchant un salaire astronomique pour finalement se retrouver avec des vêtements tout froissés. Eilinora était incapable d'éliminer le moindre pli, une vraie calamité, et pourtant elle avait un emploi stable, royalement payé, avec pour mission de faire un sort à une pile si haute que toute la ville semblait lui avoir confié son linge – ce qui, à en croire l'invitation faite à Otto, était bel et bien le cas.

Du diable si tout cela n'était pas franchement suspect.

4. MONSIEUR TANIGUCHI

Le lendemain matin, Otto se réveilla à six heures et demie. Il roula de l'autre côté du lit et essaya de se rendormir, en vain. Il pensait à Nico, à Iolanda et au facteur, rien que des hurluberlus déjantés, comme Ada les affectionnait. Il se leva et, en traînant des pieds, alla se brosser les dents et se laver le visage avec deux types de savons antibactériens – l'un éliminait 99,8 % des bactéries et l'autre 99,7 %. À eux deux, ils feraient donc mieux qu'exterminer les micro-organismes nocifs : sa peau afficherait un solde créditeur. Otto se frottait les joues avec des mouvements circulaires. Parmi tous les dingos qui vivaient autour de lui, un seul lui inspirait du respect : M. Taniguchi, un centenaire taciturne, sobre et consciencieux. C'était avec lui qu'Otto aimait le plus converser, du moins jusqu'à ce que le vieillard devienne sénile, se mette à répondre en japonais et à cracher sur les visiteurs.

Quand la maladie s'aggrava et que le diagnostic d'un Alzheimer fut confirmé, Otto cessa de rendre visite à son voisin et ami, même s'il tenait à prendre régulièrement de ses nouvelles par l'intermédiaire d'Ada. Car son épouse continuait de le voir, lorsqu'elle apportait des plats de chou-fleur à la milanaise et donnait un coup de main à sa fille pour les soins.

C'était le matin qu'Ada rendait visite aux Taniguchi ; c'était l'une des tâches quotidiennes qu'elle avait à cœur d'accomplir. Ada se levait à six heures du matin, d'un bond, et laissait chauffer l'eau de la douche pendant qu'elle allait chercher le journal sur le pas de la porte. À six heures dix, assise sur le bidet, elle était déjà au courant de toute l'actualité internationale et avait sélectionné les meilleurs strips de l'édition du jour qu'elle montrerait à son mari.

Ada prenait une douche de quinze minutes, en ouvrant progressivement le robinet d'eau froide, la tête sous le pommeau. Elle se brossait les dents dans le bac à douche, s'enduisait les cheveux de crème, s'appliquait un exfoliant sur les genoux, le tout en fredonnant. Bien souvent, elle branchait la radio à la prise du lavabo pour écouter de la musique et chantonnait par-dessus, car elle pensait que c'était comme ça que devait commencer sa journée : calée sur un rythme choisi au petit bonheur. Elle adorait entamer ses activités matinales au son de chansons caribéennes. « Impossible de déprimer avec ces rythmes des îles », avait-elle dit au facteur une fois.

Après la douche, hop, une tenue de gym et direction le salon pour des exercices de yoga qu'elle avait elle-même sélectionnés dans un magazine, avec la bénédiction de Iolanda. En silence, sur le tapis, elle effectuait lentement des séries d'étirements, respirait en profondeur et savourait l'absence de bruit dans la rue en essayant de ne penser à rien. Pas facile. Ada avait en général cinquante idées à la minute, toutes plus emballantes les unes que les autres et à concrétiser à tout prix.

Après ses étirements, mieux réveillée, elle se sentait prête pour les excès du petit déjeuner. Dans cette maison, il était hors de question de débuter la journée autrement qu'avec un menu des plus caloriques : Ada pressait des oranges, mettait rapido un gâteau à cuire au micro-ondes, faisait griller du pain et disposait sur la table pas moins de cinq gelées différentes, sans oublier le beurre, le café, le fromage, la charcuterie et des croissants au chocolat achetés la veille. Parfois, elle préparait aussi des œufs et des pancakes. Les jours de fête, elle faisait revenir du chou-fleur à la milanaise – les voisins passaient leur temps à protester, l'odeur leur soulevait le cœur ; pour autant, jamais Ada ne renonça à ses excentricités matutinales. Celui qui persistait à se plaindre gagnait un plat de chou-fleur fraîchement préparé, en sorte que la fois d'après il se gardait bien de moufter.

Il pouvait également y avoir des yaourts, de différents parfums, accompagnés ou non de céréales. Les jours de grande chaleur, de l'açaï avec des bananes et d'autres fruits de saison. Quand tout était fin prêt, Ada réveillait Otto avec l'odeur du café chaud. Il se levait et, tel un zombi, piquait droit vers la cuisine, sans prendre la peine d'aller se débarbouiller, les yeux tout juste en face des trous. Pour un démarrage en douceur, il attaquait les gelées sans dire un mot, toujours dans le même ordre : fraise, orange, raisin, framboise et goyave.

Ils passaient une demi-heure à mastiquer côte à côte. D'abord en silence, vu qu'Otto titubait encore mentalement, loin d'être parfaitement conscient – ce n'était donc pas le moment de se vanter de tout ce qu'elle avait déjà fait pendant que son mari bavait encore sur l'oreiller. Après quelques minutes, Ada pouvait en toute sécurité engager une conversation anodine, Otto répondant d'abord par monosyllabes, puis, petit à petit, avec des gestes de plus en plus démonstratifs et des éclats de rire. Elle apportait sa sélection matinale de strips parus dans le journal, évoquait ses projets pour la journée et communiquait des informations d'intérêt général sur les conditions climatiques. Elle demandait à Otto des nouvelles de son dos, s'il voulait autre chose, et c'est à ce moment-là que le téléphone sonnait.

Mlle Taniguchi la prévenait que son père était

réveillé et qu'elle pouvait venir les voir. Ada empaquetait quelques amuse-gueules, prenait congé d'Otto et sortait toute guillerette faire sa traditionnelle visite du matin.

M. Taniguchi, à peu près comme Otto, passait ses journées carré dans son fauteuil, à regarder la télé. La seule chose qu'il semblait encore reconnaître sans ambiguïté, c'était son propre portrait sur la commode, une photo de 1943 sur laquelle il posait en uniforme militaire, prêtant serment d'allégeance aux forces de l'Axe. M. Taniguchi, jadis sergent Taniguchi, avait combattu durant la Seconde Guerre mondiale et tué une palanquée de Yankees. Otto ne se lassait pas d'écouter son histoire, qu'il répétait à satiété : à vingt-deux ans, on le convoqua pour servir sur l'île de Marinduque aux Philippines. En dépit de son mètre cinquante-sept et de ses quarante-cinq kilos, le sergent Taniguchi fut un valeureux défenseur de l'empereur Hirohito, en particulier lorsque, en janvier 1945, les Américains lancèrent l'offensive sur l'île, à laquelle il survécut avec une compagnie de quatre hommes seulement.

Réfugié dans la jungle de Marinduque, non loin de Tumagabok, le groupe parvint à tenir le choc et esquissa une ambitieuse stratégie de contre-attaque. Rompus aux tactiques d'espionnage et de guérilla, ils se jurèrent de résister et même de reprendre le contrôle du territoire.

Sa minuscule compagnie changeait de position tous les trois jours en veillant à ne pas se faire repérer. Ils survivaient en se nourrissant de noix de coco, de bananes et de bétail volé. Ils tiraient parfois sur des poules, des porcs ou des iguanes, mais seulement lorsqu'ils se sentaient en sécurité, vu que les détonations pouvaient révéler leur présence à l'ennemi. Ils dérobaient des armes et des munitions à la police.

Le 9 août, le sergent Taniguchi perdit sa famille à Nagasaki, mais il n'en sut rien. Il avait pour ordre de ne se rendre en aucun cas, et c'est ce qu'il fit : animé par la certitude qu'il accomplissait son devoir, il combattit pendant trente ans dans les forêts de Marinduque, sans répit, et sans s'imaginer que la guerre était terminée.

D'après le récit qu'il avait fait à Otto des dizaines de fois, M. Taniguchi n'avait jamais cru les brochures larguées par des avions du gouvernement japonais, annonçant la fin de la guerre et la défaite des puissances de l'Axe. Il pensait que c'était de la propagande yankee pour les abuser et obtenir leur reddition. Il ne croyait pas non plus que ces pauvres indigènes errant dans les montagnes étaient réellement de modestes paysans vaquant à leurs affaires après l'occupation américaine. Le sergent Taniguchi était absolument convaincu qu'il s'agissait d'espions ennemis, et il les abattait donc sans la moindre hésitation. De même qu'il n'était pas rare de retrouver des habitants suspendus au bout de pièges à détente, mutilés, ce qui alimentait les légendes au sujet de démons semant la terreur dans les environs.

Dans les années cinquante, un des soldats de sa maigre escouade – que M. Taniguchi appelait son « régiment », avec un petit sourire en coin – fut pris d'un doute et résolut de déserter. Il se rendit à la police et voulut savoir où en était la guerre. Lorsqu'il découvrit que le conflit était fini (« et depuis un bon bout de temps, vous savez »), il révéla les positions de ses amis et décida de prendre lui-même la tête d'une patrouille pour aller les chercher. Méfiant, Taniguchi se persuada que l'ex-soldat était devenu un traître, ignora les appels à la reddition et gagna une autre partie de l'île, au nord de Santa Cruz.

Le sergent ignora de même la centaine de brochures avec les portraits des soldats disparus et des lettres de leurs familles. D'abord, il trouva étrange qu'il n'y ait pas un mot de son épouse, alors qu'elle savait où il était et avait promis de lui donner des nouvelles dès que le conflit toucherait à sa fin. Cette lacune et l'écriture « trop parfaite » des parents des autres soldats l'amenèrent à conclure qu'il s'agissait de faux confectionnés par l'ennemi.

C'est ainsi que le « régiment » continua la guerre, faisant exploser des ponts, attaquant des propriétés et sabotant le festival des Moriones, année après année. Ces célébrations traditionnelles de la semaine sainte, expliquait Taniguchi, mettaient en scène l'histoire de saint Longin, le soldat romain, borgne, qui avait transpercé le flanc du Christ de sa lance. Les premières années, les hommes du sergent volèrent une douzaine de masques de centurions romains avec lesquels, lors des éditions suivantes, ils se mêlèrent à la procession afin de disposer des bombes artisanales à des endroits stratégiques. Pendant des décennies, le festival subit les châtiments des démons des montagnes, qui provoquaient petites et moyennes tragédies, certaines bien insignifiantes, voire ridicules, pour des créatures maléfiques de leur trempe. Les Philippins n'imaginaient pas qu'elles étaient l'œuvre d'une résistance kamikaze légèrement anachronique.

Les trois soldats poursuivirent leur lutte sans merci jusque dans les années 1960, lorsque le soldat Kazuo Nakamura fut tué dans l'attaque d'un groupe de pêcheurs. On découvrit à cette occasion que l'escouade (ou « bataillon des Nippons fous ») était toujours en activité, et l'on dépêcha une nouvelle patrouille pour leur annoncer la fin de la guerre. Mais le sergent, remonté, ne vit là qu'un nouveau leurre. Remonté, c'est peu de le dire : il était *très* remonté, tant et si bien qu'il décida d'organiser une contre-offensive afin de venger la mort de son ami. Il ne restait plus que lui et le plus jeune frère de Kazuo, Yuichi, avec qui il parvint encore à lancer une demi-douzaine de raids pour détruire des paillotes et incendier des rizières.

Quelques semaines avant de mourir sous les tirs de la police pendant une tentative d'attaque de la base aérienne de Santa Cruz, Yuichi Nakamura entendit et ignora l'appel de son frère aîné, Hiro, envoyé sur l'île par le gouvernement japonais pour intégrer une patrouille de sauvetage. Hurlant dans un mégaphone, Hiro tenta trois jours durant de le ramener à la raison. Il passa en revue des moments de la vie familiale pour prouver son identité et implora les deux combattants de se rendre. Yuichi eut beau reconnaître que la silhouette et la voix ressemblaient fort à celles de Hiro, le sergent Taniguchi fut convaincu qu'il s'agissait encore d'une ruse, preuve que les Yankees étaient déterminés à employer tous les moyens pour duper la résistance nippone. Ou pire : peut-être avaient-ils réellement obtenu la reddition de Hiro et il était donc du devoir de Yuichi de lutter jusqu'au bout pour la libération de son peuple, de venger la mort de son frère cadet et la capture de son frère aîné.

En 1971, après la mort de Yuichi, il ne resta plus que l'obstiné sergent qui, selon ses propres termes, devint une sorte de Rambo samouraï en pleine jungle philippine. « J'ai décidé de canarder à tout-va. Les tentatives pour attirer mes hommes avec des photos et des lettres prouvaient bien que l'ennemi était prêt à mettre le paquet, je ne pouvais donc pas lâcher prise, pour l'honneur du peuple japonais et pour l'empereur Hirohito », racontait-il, avec toujours le même sourire en coin, traduisant à la fois amertume et fierté. De temps en temps – et, il faut bien le dire, avec un certain soulagement –, Taniguchi apercevait une escadrille d'avions de chasse américains au-dessus de l'île. Afin de montrer qu'il restait fidèle au poste, il balançait une rafale de mitraillette pour tenter de les abattre en plein vol.

Les jours où la solitude se faisait plus pesante, le sergent Taniguchi se répétait mentalement les ordres de son supérieur, le major Ryoshi Sugaye, qui l'avait chargé, des années auparavant, d'organiser le renseignement japonais sur l'île, même s'il lui fallait pour cela agir seul contre tous. « En tant qu'officier des services de renseignements, vous avez le devoir d'accomplir votre mission, même si le territoire est pris par l'ennemi et même s'il ne reste plus qu'un seul soldat sous vos ordres. Ça pourra prendre quatre ans, cinq ans, mais, dans tous les cas, nous reviendrons vous chercher, lui avait-il garanti. Tenez bon jusqu'au bout. » Le sergent obéit aux ordres.

À cette époque, les rares paysans ayant aperçu

Taniguchi – et survécu pour témoigner – évoquaient le spectre effrayant d'un Japonais en tenue de camouflage, le visage charbonné, sabre à la main, fusil dans le dos, avec une réserve de cinq cents cartouches et des grenades plein les poches. Le sergent Taniguchi était toujours remonté. Très remonté.

Otto progressait à pas traînants dans le couloir. Au réveil, il n'avait plus le moindre désir de s'installer à la cuisine, vu qu'il n'y trouverait ni les cinq gelées ni son Ada montée sur ressort, contenant à grand-peine sa ferveur matinale et l'envie de mitrailler son mari à la vitesse de cent mots/minute, pendant qu'il mâchait une part de gâteau à l'ananas. Il ne flottait plus aucune odeur dans la maison – ni odeur appétissante, ni odeur de graillon ou de brûlé –, et il n'y avait plus un bruit, plus une chose qui ne fût à sa place. Depuis la mort de son épouse, Otto avait décidé de se passer du petit déjeuner ultracalorique et gagnait directement le salon, où il s'enfonçait dans son fauteuil, la couverture sur les genoux.

Otto essayait vainement de se rendormir. Il ouvrait un livre, le reposait, le reprenait. Il se levait pour refermer la fenêtre et sentait alors une vive douleur dans le dos. Il retournait jusqu'au fauteuil. Fatalement lui venaient des pensées qu'il aurait mieux valu éviter, alors il fermait les yeux, retenait sa respiration, tâchait de tenir ses souvenirs à distance.

Ce jour-là, Otto se rappela les fameuses expériences culinaires d'Ada. Ça se passait comme ça : Ada décidait tout à coup de préparer quelque chose d'extraordinaire. Elle sortait un tas de trucs des placards, consultait des livres de recettes, allumait tous les feux de la gazinière et proclamait : je vais faire un jus de banane. Ou alors : le temps est venu de tester cette recette de gratin, accompagné d'une soupe de coton. Otto s'installait sur le banc de la cuisine, résigné. Il tentait vaguement de suivre la ronde des casseroles, redoutant d'assister à une nouvelle catastrophe domestique et, passé un certain stade, se proposait d'appeler les services de protection civile ou les pompiers.

« Cette flamme au-dessus du pudding… c'est normal ? »

Une fois, alors qu'Ada préparait le nappage d'un entremets, de mini-incendies se déclarèrent, projetant au milieu d'une épaisse fumée des particules de suie dans un rayon de plusieurs kilomètres. Les voisins s'empressèrent de téléphoner pour se renseigner sur le menu du jour. Ada, après de longs pourparlers, promit aux victimes qu'elle enverrait Otto balayer leur cour.

En cuisine, elle péchait par excès d'imagination. Quand Otto découvrait que son objectif était de préparer une tarte aux pommes, par exemple, il cachait illico les flacons de paprika, de basilic, de coriandre et de thym. Elle se mettait tout de même au travail, tandis que son mari ressortait le numéro du livreur de pizzas, au cas où. Si, par malheur, elle s'agaçait des commentaires sarcastiques de l'assistance, il en rajoutait une louche, affirmant des choses comme « Imagination bien orientée, prouesses à satiété », ou encore « À bon appétit n'est point besoin de moutarde ».

« Tu m'entends ? demandait-il.

— Tais-toi et passe-moi la spatule ! »

Deux heures plus tard, ça ne ratait pas : les murs maculés de sauce tomate, une pile de vaisselle sale dans l'évier, des morceaux de brocolis jonchant le sol, des torchons bons à jeter au feu et un résultat final à des années-lumière de ce qui était attendu. En général, la désastreuse (et plutôt longuette) expérience culinaire se concluait par une très prosaïque assiette de macaronis avec un œuf au plat.

Encore fallait-il qu'Ada ne provoque pas la mort de son mari par intoxication, ce qui faillit arriver à deux reprises. La première fois, en carbonisant un poulet. « Tu veux que je te dise ? M'est avis que le strontium doit avoir plus ou moins ce goût-là », lança Otto en repoussant son assiette, avant de recourir aux services miraculeux de Pi-Pizza, dont le logo représentait un π et une pizza. Lors de la seconde tentative d'homicide, un épais nuage d'émanations toxiques se propagea depuis la cuisine : Ada, voulant essayer une recette de pop-corn au poivre, obtint plutôt, disons, du gaz poivre. Au vu des symptômes – écoulement lacrymal, cécité temporaire, gêne respiratoire et nausée –, les habitants du quartier alertèrent l'Assistance toxicologique et ouvrirent grand leurs fenêtres. N'empêche, ce soir-là, les pop-corn furent délicieux comme jamais.

En août 1978, un jeune étudiant se rendit aux Philippines dans le cadre d'échanges universitaires. Il décida de visiter l'île de Marinduque et fit le pari avec ses amis qu'il y verrait « le sergent Taniguchi, un panda et l'abominable homme des neiges, dans cet ordre-là ».

Contrairement à toute attente, l'improbable se produisit : Akira Abe ne tomba nez à nez ni avec un panda ni avec le mythique yéti ; en revanche, il rencontra le sergent Taniguchi en personne, le dernier survivant du célèbre « bataillon des Nippons fous », qui, d'ailleurs, fut à deux doigts de le trucider sur-le-champ, croyant reconnaître en lui un agent de l'impérialisme occidental. Né à Hiroshima, l'étudiant en psychologie implora clémence en japonais, usa de méthodes apprises à la fac et parvint finalement à se faire entendre.

C'est donc par ce garçon en survêt, un maigrichon avec des dents de lapin tout juste sorti de l'adolescence, que pour la première fois le sergent fut informé de tout ce qui s'était passé. Abe lui raconta que la guerre était finie depuis exactement trente-trois ans et que le Japon avait capitulé. En entendant pareille absurdité, le sergent Taniguchi le menaça une nouvelle fois avec son fusil. Par chance, l'étudiant réussit à le calmer. Puis il sortit de sa poche un objet déformé, comme une petite sculpture métallique composée de différentes parties indistinctes. Certaines étaient vaguement arrondies, avec un carré vide en leur centre.

« Vous savez ce que c'est ? »

Le sergent baissa son arme et s'approcha pour mieux voir. Il distingua une pièce d'un yen amalgamée avec d'autres bouts de métal. Taniguchi haussa les épaules.

« Ce sont des pièces de monnaie fondues, expliqua le garçon. Mon grand-père a retrouvé ce bloc à cinq cents mètres de l'épicentre. Avec la chaleur dégagée par l'explosion, elles se sont liquéfiées les unes sur les autres et sur tout ce qui s'est trouvé sur leur chemin.

— L'explosion ?...

— Oui, l'explosion atomique. Les Américains ont largué une bombe sur Hiroshima le 6 août 1945, puis une autre sur Nagasaki. »

Le sergent s'assit d'un coup, le regard fixé sur la sculpture aux pièces fondues que tenait l'étudiant.

Ce ne pouvait être qu'un mensonge, il avait même déjeuné à Nagasaki juste avant de partir aux Philippines. D'un bon bol de riz.

« Mon grand-père est mort quelques jours plus tard, de déshydratation et des suites de ses brûlures. Il a demandé à mon père de garder la Monopièce.

— Quoi ?

— La Monopièce. Plusieurs pièces en une seule. »

Le sergent Taniguchi venait d'apprendre que toute sa famille avait été décimée par un engin nucléaire, il n'était vraiment pas d'humeur à apprécier le calembour. C'était donc pour cette raison que son épouse ne lui avait pas envoyé de nouvelles. Pour cette raison que les programmes en japonais de la BBC australienne, qu'il écoutait sur un transistor volé dans les années 1960, n'évoquaient jamais le Führer, ni le valeureux commandant Yoshijiro Umezu, ni les forces de résistance présentes aux Philippines, ni le grand empire nippon d'Asie et d'Océanie. Même chose dans les journaux que les soldats arrivaient parfois à chaparder. Il n'y était question que du miracle économique japonais et d'un certain tribunal de Tokyo, ce qu'il avait tenu pour de la vile contre-propagande. D'après ce que Taniguchi avait vaguement réussi à comprendre, l'offensive britannique était désormais menée par un général du nom de McCartney, qui, « après avoir réussi sa conquête de l'Europe, pourrait bientôt étendre son emprise sur la planète entière ».

La fin de la guerre expliquait tout. Tout prenait sens. « À ce moment-là, j'ai compris : on avait réellement perdu la guerre ! Comment avait-on pu être si négligents ? J'ai repensé à ce qu'avait été ma vie pendant ces trente années, et, pire, à Yuichi et à Kazuo, qui étaient morts pour rien », confiait-il, en secouant la tête. Otto aimait beaucoup cette partie de l'histoire, bien qu'elle fût triste et embrouillée.

Subitement réduit au statut de vieux fou solitaire, le sergent Taniguchi s'effondra. Il laissa tomber son fusil et resta assis, les yeux dans le vide. Au cours des heures suivantes, l'étudiant Akira Abe lui raconta que la bombe larguée sur Hiroshima, après une chute de quarante-trois secondes, avait explosé et rayé la ville de la carte, que le dôme de Genbaku était le seul bâtiment à avoir résisté et qu'un voisin de la famille Abe s'était désintégré sur les marches d'une banque. Après quoi Nagasaki avait été bombardée à son tour parce que la cible initiale, Kokura, était cachée sous les nuages. « Il paraît qu'à Dresde ça a été encore plus terrible », ajouta-t-il, en guise de consolation.

Ainsi, tout s'expliquait, sauf les énormes formations d'avions de chasse américains qui avaient si souvent survolé les Philippines depuis la fin de la guerre, et que le sergent Taniguchi avait essayé d'abattre à l'artillerie lourde.

« Ils allaient en Corée. Ensuite, au Vietnam », expliqua l'étudiant.

Le regard assombri, Taniguchi réfléchit : tout cela semblait sensé, mais il lui fallait une preuve définitive. Le garçon, incrédule, vit le sergent disparaître derrière un arbre pour se changer.

À cette époque, Taniguchi avait déjà cinquante-huit ans, il portait très rarement sa tenue militaire, mais c'est impeccablement revêtu de son uniforme qu'il revint pour faire son annonce : il n'accepterait de se rendre que sur ordre exprès de son commandant, point final. On pouvait lui montrer autant de pièces fondues qu'on voulait, ce n'est qu'à cette condition qu'il renoncerait. Le sergent rassembla ses affaires et abandonna le pauvre garçon en survêt jaune, lui fixant un rendez-vous le mois suivant dans la même clairière, mais cette fois en présence de son vieux commandant.

De retour dans la capitale philippine, l'étudiant Akira Abe informa les autorités de son pays, leur indiqua où se trouvait cette armée d'un seul homme et leur transmit les conditions de sa reddition.

Ryoshi Sugaye, l'ancien commandant de Taniguchi, avait survécu à la guerre et menait une vie paisible, travaillant comme fleuriste à Sekigahara, une bourgade d'environ huit mille habitants à cinquante-cinq kilomètres de Nagoya. Alors âgé de quatre-vingt-deux ans, Sugaye fut informé que l'un de ses soldats était toujours au combat et qu'il attendait l'ordre de déposer les armes. Le vieux commerçant partit d'un grand éclat de rire et manqua de s'étouffer, mais, en entendant le nom de Taniguchi, il se rappela le garçon têtu aux fines moustaches qu'il avait envoyé aux Philippines. Et il sut que c'était vrai. « On reviendra vous chercher », avait-il promis il y a si longtemps, et on sait comme ces jeunes gens prennent tout au sérieux. En près de trois décennies, Sugaye avait eu une ribambelle de petits-enfants et arrière-petits-enfants, il avait appris à faire du vélo et s'était marié trois fois, avec des femmes de plus en plus jeunes. Pendant tout ce temps, le sergent Taniguchi était resté au garde-à-vous, dans la jungle de Marinduque, et ne mettrait pas l'arme au pied avant d'en avoir reçu l'autorisation de la bouche de son supérieur.

De sorte que, en novembre 1978, Ryoshi Sugaye se résigna à sortir de l'armoire son vieil uniforme, prit congé de son épouse et s'en-alla-t-en-guerre. Sa mission : ramener un sergent qui s'était enfoncé dans la forêt philippine et n'en était plus ressorti, au motif que personne ne lui en avait jamais donné l'ordre.

C'est le matin qu'Otto avait le plus de mal.

Entre sept et dix heures, c'étaient des mois qui s'écoulaient, tandis qu'il suivait du regard les aiguilles de la pendule. Il n'arrivait pas à se rendormir et restait là, assis, perdu dans ses pensées. Un voisin passait l'aspirateur, et le voilà qui pestait, jurait, comme si le bruit était venu interrompre le cours de ses souvenirs. Si on sonnait à sa porte, il se mettait à vociférer.

Parfois, pendant cinq ou six minutes, Otto oubliait qu'elle était partie. Après des heures à se remémorer le passé, il en arrivait à faire abstraction du présent, comme lorsqu'on finit par sombrer dans le sommeil après avoir cherché un bon moment à fermer l'œil. Plus on essaie de s'endormir, plus on peine à se laisser aller à cette forme spontanée d'abandon. Cela prenait du temps, mais quand il y parvenait, il n'y avait rien de meilleur au monde.

Otto retrouvait peu à peu sa sérénité et parvenait enfin à se reposer. Il se disait que tout allait bien et pouvait presque entendre tourner la poignée de la porte, comme si Ada rentrait de chez un voisin. Otto avait alors la même sensation qu'en savourant ses cinq gelées successives. C'était le monde dans l'ordre alphabétique. Cet état de torpeur ne durait que quelques minutes, car il était aussitôt perturbé par un bruit venu de l'extérieur ou par une pensée qui le ramenait à la réalité. Par exemple : cette agitation devant la porte, ce n'était pas Ada qui revenait de chez M. Taniguchi, mais un des chiens de Teresa occupé à fouiner dans le jardin.

Quand Ada rentrait de sa visite matinale, Otto se trouvait généralement en train de lire un roman policier dans le fauteuil, brûlant de curiosité. Aussitôt, il abandonnait son livre et demandait des nouvelles du voisin : avait-il reconnu sa fille ? Avait-il mangé comme il fallait ou tout flanqué par terre ?

Ada commençait par refuser de répondre : son mari devait arrêter ses âneries et aller lui-même rendre visite à son vieil ami, même s'il ne le reconnaissait plus. Elle se fendait toujours du même sermon, il faut être aux côtés des gens qu'on aime et patati et patata, refrain dont Otto attendait la fin pour pouvoir poser ses questions.

« Il s'est rappelé ce qu'il avait fait hier ? »

Ada soupirait.

« Non, je t'ai déjà expliqué que c'est la mémoire à court terme qui est affectée. Il n'y a rien à faire. Hier, Mayu a passé la journée à chanter et à réciter des poèmes, apparemment il en aurait même pleuré, mais aujourd'hui il ne se souvient plus de rien.

— Saperlotte !

— Ah ! Mais il m'a de nouveau parlé de la reddition de son "régiment", en 1978.

— C'est vrai ?

— Oui. »

Histoire de montrer qu'elle était encore fâchée, Ada tournait les talons et allait dans la salle de bains sans un mot de plus.

Lorsqu'il reconnut son ancien commandant, un pauvre vieillard couvert de médailles et épuisé par son voyage, le sergent Taniguchi sortit de sa tranchée, se mit au garde-à-vous et lança à pleins poumons : « Sergent Taniguchi à vos ordres, mon commandant ! »

L'ex-major, n'en croyant pas ses yeux, lui répondit d'un salut militaire et se contenta de déclarer : « Mission accomplie, sergent ! Repos. » Et c'est ainsi que M. Taniguchi fut démobilisé.

Selon les informations qu'Ada avait obtenues dernièrement, l'ancien commandant lui ordonna ensuite de rendre les armes, mais lut également d'une voix ferme un communiqué impérial, daté du 2 septembre 1945, comme s'il venait d'apprendre lui-même la nouvelle :

« Je proclame solennellement la reddition inconditionnelle et immédiate de l'honorable armée impériale japonaise et de l'ensemble des forces nippones ou sous notre commandement, quelle que soit leur base. »

Il marqua une pause. Le sergent Taniguchi écarquilla les yeux.

« J'ordonne solennellement au peuple japonais et aux forces armées, où qu'elles se trouvent, de cesser les hostilités immédiatement, afin d'assurer la sauvegarde de nos navires, de notre artillerie aéroportée, de nos installations militaires, blablabla...

— Comment ?

— Bon, là, il s'embrouille un peu, voyons... ah, voilà : j'ordonne à l'armée impériale de diffuser sur-le-champ ces consignes à tous les commandants des forces japonaises, quelle que soit leur base, afin qu'elles se rendent sans condition à ces maudits visages pâles.

— Hein ?!

— Licence poétique. »

Le sergent Taniguchi remit son fusil au commandant et, conformément aux ordres de l'empereur, se rendit sans condition à ces maudits visages pâles. Non sans avoir fourni auparavant un bilan complet de ses faits d'armes : cinquante morts, deux cents blessés, deux ponts détruits, vingt-cinq éditions du festival des Moriones sabotées aléatoirement, cinq combats au corps à corps avec des policiers philippins, quinze plantations incendiées, terreur et panique provoquées à travers les montagnes de Marinduque (certains croient, aujourd'hui encore, à l'existence de démons dans cette zone).

Dans la capitale philippine, flanqué du commandant, Taniguchi se rendit aux forces armées et déclara être prêt à assumer les conséquences pénales de ses actes. Il déposa cérémonieusement son fusil, qui lui fut rendu aussitôt. Confrontées à cette situation insolite d'un homme ayant fait la guerre en solitaire, les autorités locales, touchées par ce Rambo nippon tout retourné, lui accordèrent une grâce sans restriction. Au bout du compte, ses crimes avaient été perpétrés dans les limites d'une conduite acceptable au regard des lois de la guerre *(jus in bello)*, même s'il avait été le seul à le savoir (une décision qui ne fut pas du goût des pêcheurs).

Son retour au Japon fit grand bruit. Des milliers de personnes vinrent l'acclamer à l'aéroport et il jouit pendant plusieurs mois d'une popularité inattendue. Il retrouva de vieux collègues, découvrit qu'il avait une fille déjà adulte vivant à Tokyo, il visita le mémorial des victimes de Nagasaki et tenta de s'adapter à la vie de l'après-guerre, passant par toutes les phases du deuil en songeant à sa famille et aux trente années qu'il avait sacrifiées. À la radio, on parlait de lui comme de « l'homme du passé », venu directement des années 1940 leur rendre visite. À la télé, on rediffusait ses interviews chaque fois qu'on était à court de sujet.

Encore récemment, des journalistes venaient le trouver pour recueillir son témoignage sur le temps qu'il avait passé dans la jungle. Ils lui demandaient de leur montrer son vieux fusil, toujours à portée de main dans une armoire, de revêtir son uniforme et d'expliquer comment il tenait à jour son calendrier. Pendant trente ans, en s'aidant des phases lunaires, Taniguchi avait procédé à un décompte d'une surprenante précision, son calendrier n'accusant que deux jours de retard par rapport à la date véritable. Puis sa célébrité finit par décliner et il sombra dans l'oubli (on l'oublia comme il s'oublia lui-même).

(Plus tard, M. Taniguchi eut l'occasion de voir *No Retreat, No Surrender*, un film de 1985, et déclara fièrement à ses voisins qu'il comprenait parfaitement ce dénommé Van Damme.)

Au début, la maladie dégénérative de M. Taniguchi se manifesta discrètement, comme un soldat de la résistance nippone agissant en catimini en territoire ennemi. C'est sa fille, Mayu, qui en remarqua le premier signe : un jour, M. Taniguchi lui demanda d'aller fermer le robinet à cause des courants d'air – il voulait parler de la porte.

Mayu trouva ça amusant, et plusieurs mois s'écoulèrent avant le deuxième dérapage. Ils étaient en train de dîner quand M. Taniguchi la regarda dans les yeux et lui dit :

« Je sens que j'ai comme un problème, mais je ne sais pas lequel. »

Bombardant son père de questions, Mayu essaya de sonder la nature de la gêne, mais il ne parvenait qu'à répéter qu'il avait un problème, une impression étrange, sans savoir décrire ce qui se passait. Mal au crâne ? Non. Sommeil ? Non. Hypertension ? Non plus. C'était comme un bruit de fond qui n'était pas douloureux mais l'oppressait, avant de subitement disparaître. Sauf que ce bruit n'était pas un son, mais une sensation. M. Taniguchi alla se coucher plus tôt qu'à son habitude, un peu hébété.

Le lendemain, nouveau symptôme : Mayu s'apprêtait à sortir et demanda à son père ce qu'il pensait de sa robe.

« Tu trouves qu'elle me grossit ? l'interrogea-t-elle.

— Non, tu es parfaite. Très élégante.

— J'hésite entre celle-là et la rouge…

— Essaie-la donc pour que je voie. »

Lorsque Mayu revint dans le salon vêtue de sa robe rouge, son père se montra enthousiaste. Il la trouvait très belle.

« Mais tu préfères celle-ci ou la noire ?

— Tu en as une autre ?

— Oui, mais je crois que la rouge est plus jolie, je vais…

— Essaie-la donc pour que je voie ! »

Quand elle revint avec la noire, il avait déjà oublié la rouge. Cela aurait pu durer indéfiniment, ou il aurait fallu que Mayu se prenne en photo dans les différentes tenues et les lui montre simultanément, pour qu'il puisse comparer.

À l'époque, elle avait fait part à son voisin des loupés de son père et lui avait demandé s'il fallait s'en inquiéter. En lui donnant de petites tapes dans le dos, il avait attribué ces incidents à l'âge avancé de M. Taniguchi.

« Même moi, l'autre jour, j'ai mis mon téléphone à tremper. Dans l'évier, avec les assiettes sales. Et je passe mon temps à oublier où j'ai laissé ma clé. »

Plus tard, Otto s'en voulut d'avoir été si négligent, surtout quand les symptômes avaient commencé à s'aggraver. En pleine nuit, M. Taniguchi ouvrait le réfrigérateur et restait planté devant, sans savoir pourquoi il se trouvait là. Parfois, Mayu devait aller le chercher et lui raconter une histoire pour le calmer. L'ancien sergent, qui d'habitude retenait tout par cœur, se mit également à oublier ce qu'il devait acheter au supermarché et, bien souvent, revenait les mains vides ou avec une malheureuse boîte de petits pois. Il se mélangeait les pinceaux pour les jours de la semaine, les mois de l'année, les noms des voisins. Une fois, Otto vint lui rendre visite et il l'appela major Sugaye, en se mettant au garde-à-vous. Otto crut que son ami plaisantait. Mais M. Taniguchi n'arrivait plus à assortir ses vêtements, parfois on le surprenait en train de parler avec la télé en japonais ou de saluer la machine à cirer, et un jour il déclara même qu'il allait écrire à son frère, mort depuis plus de soixante ans.

Tel un ballon de baudruche dont on aurait défait le nœud, M. Taniguchi se vida peu à peu. Nico eut beau conseiller à Mayu d'aller voir un médecin, celle-ci pensa que les choses allaient rentrer dans l'ordre et remit une éventuelle consultation à plus tard. M. Taniguchi commença à maigrir, à se perdre en allant aux toilettes et à décrocher pendant les discussions. Non seulement il oubliait où il avait laissé ses clés, mais en plus il ne comprenait plus à quoi elles pouvaient bien servir. Parfois, on le voyait errer dans la rue et, un jour, il disparut de chez lui. Mayu retrouva son père assis par terre dans le jardin de Teresa, en train de manger la nourriture des chiens. Quand elle lui demanda ce qu'il faisait là, il sembla ne pas le savoir.

Otto cessa de lui rendre visite. M. Taniguchi n'était plus un voisin respectable et soucieux de ses obligations civiques, mais un vieillard qui perdait la boule, crachait sur les gens et tenait des propos sans queue ni tête. À vrai dire, Otto redoutait de finir comme lui. Quelques semaines plus tôt, il avait trouvé une agrafeuse industrielle dans un seau, à côté du matériel de jardinage, dans la remise toute rouillée du jardin de derrière. Il avait rapporté l'objet en question à la maison et l'avait fixé intensément en essayant de se rappeler à quel moment il l'avait fourré là. En essayant de se rappeler son existence, pour commencer. Car Otto n'avait jamais vu cette agrafeuse de sa vie. Était-il en train de perdre la mémoire ? Et, si c'était le cas, dans combien de temps Ada aurait-elle disparu de ses souvenirs ?

Dernièrement, il lui venait d'étranges pensées. Il apercevait, de temps en temps, un garçon roux et ténébreux qui déambulait dans le quartier, tel un spectre. Otto avait la sensation que quelque chose clochait autour de lui, comme dans ces films à suspense qu'il regardait : des voisins anxieux, une repasseuse incompétente, un remède qui accroissait la force musculaire, une invasion de cafards. Une agrafeuse sortie de nulle part au fond d'un seau. Sa femme au centre de tout cela. Des pistes aléatoires sans qu'il y ait de narrateur en voix off pour les rassembler en une histoire sanglante de dissimulation et de mort, grâce à une trame complexe dont tous les points seraient finalement reliés, permettant ainsi au spectateur d'aller dormir tranquille. Dans le fond, isolé dans sa maladie, M. Taniguchi était comme préservé de ce monde menaçant et absurde.

Deux ans s'étaient écoulés depuis les premiers symptômes lorsque Mayu se décida enfin à aller consulter. Le diagnostic d'un Alzheimer fut confirmé et on lui prescrivit des médicaments, que Nico s'empressa de commander, impatient d'en découvrir les effets secondaires en même temps qu'il les redoutait. La liste comprenait le chlorhydrate de mémantine, qui tonifiait les muscles, la galantamine, l'acide folique, l'acide alpha-lipoïque et l'acétylcarnitine en association. C'est à ce moment-là que M. Taniguchi se mit à prendre son bain tout habillé, couvre-chef compris, et qu'il cracha sur Mayu pour la première fois.

Malgré les gélules multicolores et le large spectre pharmacologique qu'elles couvraient, la maladie de M. Taniguchi empira. Au milieu de l'année précédente, quelque chose avait déclenché une aggravation significative et il était désormais à peu près insupportable – il s'énervait à tout bout de champ, se montrait égoïste, buté et agressif. Il ne tolérait pas qu'on puisse avoir un avis différent du sien et semblait frustré par ses propres limitations. Pour couronner le tout, un des médicaments le rendait insomniaque. Et un autre lui donnait une vigueur excessive. Mayu disait à Ada que la maladie de son père était comme de longs adieux et que, parfois, elle s'approchait de lui pour lui demander : « Papa, s'il te plaît, tu veux bien revenir parmi nous ? »

Tout comme Otto, M. Taniguchi passait ses journées assis dans un fauteuil, une couverture sur les genoux. Tout comme Otto, il avait des éclairs de lucidité – le militaire quand il apercevait son propre portrait datant de la guerre, et Otto quand il sentait une odeur de chou-fleur ou quand une histoire d'autrefois lui revenait en mémoire. Mayu disait que son père était reclus dans ces fractions de temps et ne semblait exister vraiment que pendant ces millièmes de seconde – de plus en plus rares. Toute la journée, il priait sa fille d'appeler Kazuo pour qu'ils ébauchent un plan d'exploration des grottes de Bathala et préparent l'attaque de tel ou tel pont. Ou alors il annonçait que les vivres commençaient à manquer et qu'il fallait partir à la chasse. Tout comme Otto, M. Taniguchi était prisonnier du temps, même s'il connaissait par cœur tous les poèmes de Ki no Tsurayuki :

Fleurs de cerisier
Qui ne connaissez le printemps
Que depuis cette année,
Puissiez-vous ne jamais apprendre
Qu'un jour il vous faudra tomber.

5. TUCO, ANANIAS ET MENDONÇA

On sait peu de choses des chiens de Teresa, si ce n'est que ces trois sacs à puces répondaient aux noms de Tuco, Ananias et Mendonça. Un jour de leur morne existence, ils s'étaient installés dans son jardin pour ne plus jamais en repartir ; ils vaquaient à leurs petites affaires et filaient de temps en temps observer les passants.

Même s'ils n'aboyaient presque pas, ils étaient insupportablement bruyants. Leurs occupations favorites ? Flanquer les pots de fleurs par terre, détruire les arbustes, chercher la bagarre, chasser le piaf, manigancer des fuites spectaculaires et provoquer des incendies. Teresa n'entendait rien : le matin, elle dormait comme un chou vert ; le reste de la journée (et de la nuit), elle travaillait sur sa machine à écrire.

Âgée de quarante-deux ans mais dotée d'un corps de fillette, Teresa était dactylo pour un grand cabinet d'avocats. Comme elle travaillait chez elle, s'habiller correctement, être bien coiffée ou bien chaussée, était le cadet de ses soucis – elle avait toujours les genoux crasseux, car elle passait son temps à secourir tel de ses chiens coincé sous un meuble ou à laver le sol des toilettes. On la trouvait immanquablement vêtue d'un gros sweat, les habits couverts de poils et les cheveux ramassés en une masse désordonnée. Même ainsi, plus toute jeune, maigre et négligée, elle restait jolie ; aussi le préparateur en pharmacie persistait-il à se tromper dans ses livraisons de médicaments, histoire de retourner deux ou trois fois chez sa cliente, à droite de la maison jaune.

Teresa était chargée de la transcription de documents en langues étrangères ; elle mettait au propre des formulaires rédigés en français, anglais, espagnol, néerlandais, suédois et bulgare, entre autres, qu'elle tapait à la machine avec du papier carbone. Sa machine à écrire était une Corona modèle 1937 avec un défaut à la touche « N », qui se grippait et émettait un drôle de bruit métallique quand on appuyait dessus. Ainsi, en surveillant la fréquence de cette consonne et en calculant un simple pourcentage par rapport au corps du texte, Otto pouvait entrevoir s'il s'agissait d'un travail en allemand, en danois ou en finnois, langues comptant une grande profusion de « n ». Du moins quand il parvenait à se concentrer car, la plupart du temps, au tacatacatac de la machine se mêlait le vacarme des chiens vandalisant une porte vitrée, et il devenait alors impossible de comptabiliser les « n » correctement. Teresa ne parlait aucune autre langue que la sienne, mais elle possédait une mémoire visuelle prodigieuse et finissait par apprendre par cœur des mots complexes comme *Schildkröte* (en allemand : tortue, ou crapaud avec bouclier), comme s'il s'agissait de dessins à recopier. Même sans savoir ce dont il était question dans le texte, son taux d'erreur était de 0,16 % et elle atteignait la vitesse hallucinante de 821 frappes à la minute, presque autant que la Tchèque Helena Matoušková, détentrice du record mondial dans la catégorie dix doigts.

Teresa n'était pas la seule à réaliser des exploits dans la maison. Parmi ses chiens, Tuco détenait le record de mastication de tissus, avec un rendement annuel de deux rideaux, cinq tapis et une pantoufle. C'était aussi le moins âgé – neuf ans – et le plus exubérant de la bande.

Le problème, c'est que Tuco se prenait pour une souris. Ou, à l'occasion, pour un chat – mais pas n'importe lequel, un félin pour dame, un siamois élégant, un chartreux révérencieux, le petit d'un chat persan ou allez savoir ce qui traversait l'esprit de ce molosse (poids : trente-cinq kilos ; force de morsure : cent kilos !). Tuco n'attaquait personne, mais il avait une façon peu orthodoxe d'exprimer ses sentiments : il se jetait sur l'objet de son affection comme pour l'étreindre, y plantait ses griffes et bondissait joyeusement. Plus il chérissait sa cible, plus la rencontre était fougueuse – et les écorchures douloureuses.

Tuco aimait tout particulièrement Nico, Mayu et le facteur. Dès qu'il entendait sonner, le chien se mettait en alerte, puis, pesamment, se levait par étapes. Il lui arrivait de demander de l'aide au vieux Mendonça, un boxer pouilleux de dix-sept ans, le cerveau de l'équipe, pour mettre au point une échappée et aller saluer le pharmacien ou tout autre visiteur se trouvant sur le pas de la porte, et ne plus rentrer qu'à l'heure du dîner.

Abandonnant sa machine à écrire, Teresa allait ouvrir et, à cet instant, un boucan infernal se faisait entendre. Non sans avoir tout démoli sur son passage, Tuco avait trouvé le moyen de s'enfuir et se précipitait dans la rue, absolument euphorique, avant d'entrer en collision frontale avec le pauvre Nico, qui ne pouvait rien faire sinon laisser tomber le paquet de médicaments et se carapater, les mains en l'air, en criant : « Gare au chien ! Sauve qui peut ! »

Depuis sa fenêtre, Otto assistait régulièrement au même film : Teresa poussait un cri d'effroi et s'efforçait de contenir la tendresse sanglante de son toutou avant qu'il soit trop tard. Mais avec Tuco, il était toujours trop tard. À ce stade, le canidé hors de contrôle avait déjà renversé sa victime et la gratifiait de coups de langue affectueux, la griffait et l'écrabouillait furieusement. « Arrête, Tuco ! Arrête ! » criait sa maîtresse tout en tâchant d'éviter la fuite des deux autres, pendant que Tuco multipliait les coups de patte sur Nico.

Par la rue qui longeait la maison, le tempétueux Ananias (à mi-chemin entre le beagle et le diable de Tasmanie, âgé de onze ans et grand consommateur de cafards) filait courir le monde avec l'évidente complicité du vénérable Mendonça, posté devant le portail pour couvrir son comparse. Mendonça, incapable d'aller bien loin, préférait laisser leur chance aux plus jeunes – même si Tuco souffrait déjà de troubles digestifs et Ananias d'une cécité progressive de l'œil droit dont il se plaignait, tous deux ayant perdu depuis lurette la vivacité et la robustesse de leur bel âge.

Que Nico se débrouille tout seul, car la fugue d'Ananias était bien plus préoccupante que les hématomes du pharmacien. Contrairement aux deux autres, Ananias mordait. Et c'était derrière lui que courait Teresa, pieds nus, afin d'éviter qu'il ne se jette sur les enfants des rues voisines ou sur les bouches d'incendie, endommageant ainsi ses propres mâchoires de manière irréversible – lorsque les objets se trouvaient sur sa droite, mobiles ou immobiles, Ananias les distinguait mal et se ruait sur n'importe quoi. Y compris les poubelles, jardinières, poteaux électriques et autres structures métalliques.

Ce matin-là, la fuite canine obéit à un scénario particulier : au lieu d'envoyer un voisin au tapis et de l'étouffer sous un amour débordant, Tuco fusa vers le jardin d'Otto. Ananias se lança à sa suite, avec dans la gueule quelques ordures et ce qui avait dû un jour être un piaf innocent. Pas de Mendonça en vue, évidemment, puisqu'il était resté à la traîne pour servir d'appât et permettre à ses acolytes de conforter leur avance. Détourné de ses pensées, Otto sursauta et alla voir si c'était Ada qui rentrait (ce n'était pas Ada qui rentrait). Il écarta le rideau et vit les deux chiens en train de creuser, flairant et détruisant les tulipes, bavant d'allégresse, au milieu d'un nuage de poussière et de racines. En arrière-plan, Teresa essayait de raisonner Mendonça qui, haletant tant et plus, usait de tous les artifices pour la distraire.

Les tulipes, le jardin et les détritus, Otto s'en foutait éperdument ; en revanche, le bruit l'insupportait. D'ailleurs, il préférait même que les tulipes soient arrachées une bonne fois pour toutes, ce serait un souvenir de moins à venir le turlupiner. En tout cas, avant d'avoir pu ouvrir la porte pour aller chasser les cabots, il vit Teresa courir comme une dératée et Nico lui emboîter le pas, agitant les bras et réclamant du renfort. Le gérant de la pharmacie était en chemin lui aussi, ainsi que le mari de Mariana, Mayu, plus quelques badauds. Il y avait même un étranger dans le groupe, un garçon à la peau très blanche portant un sweat à capuche. « Le fantôme ! C'est le fantôme ! » songea le vieil homme. Ils se rassemblèrent devant chez Otto – qui continuait d'épier, caché derrière le rideau –, chacun faisant son possible pour chasser de là ces diables de chiens et remettre à leur place les tulipes écrabouillées. Ils avaient l'air vraiment préoccupés. Teresa prit Ananias dans ses bras, Nico se chargea de Tuco, tandis que le reste du groupe tassait la terre avec les pieds tout en essayant de voir si Otto s'était réveillé. Iolanda sortit sur le pas de la porte et demanda ce qui se passait.

Ananias, couvert de poussière, semblait aux anges. Tuco avait renoncé à creuser et s'était élancé vers Nico dans une grande exaltation, avant d'essayer de parcourir toute la surface de son buste et de son visage d'un unique coup de langue. Nico, résigné, tentait de se protéger comme il pouvait. Iolanda rentra chez elle, l'air songeur, pour en ressortir peu après chargée de flacons emplis de liquides colorés. Elle demanda à Teresa de s'éloigner avec Ananias, à Nico de se cramponner à Tuco et de rouler avec lui de l'autre côté du trottoir, puis elle aspergea le sol de quelques gouttes, répandit sur la terre une sorte de poudre et murmura des mantras hindous pour éloigner les ondes négatives. Elle fit trois fois le tour du jardin et récita des prières, non sans arracher quelques mauvaises herbes au passage.

Otto n'accorda pas la moindre attention à ce rituel excentrique de protection et résurrection de tulipes et, abandonnant son repaire, ouvrit la porte. Le garçon au sweat à capuche avait disparu. Tuco interrompit son opération léchage et Teresa laissa s'échapper Ananias, qui fila comme une fusée jusqu'au bout de la rue.

Otto se souvenait parfaitement de la seule nuit où il avait dormi douze heures d'affilée, entre l'instant où il avait éteint la lumière et le moment où Ada était venue le réveiller. La tête lui tournait, encore pleine de cauchemars, et il était persuadé que l'été était arrivé. C'était au printemps dernier, quand les pétales des tulipes n'étaient pas encore gros comme des biftecks. La nuit avait été longue et agitée, avec une succession de rêves hantés par des fantômes errant dans des couloirs et des voix indistinctes mêlées à des aboiements de chihuahuas. Il se rappelait avoir lu jusqu'à la fin, dans le fauteuil du salon, un roman policier – avec des Scandinaves complètement dingues et des crimes atroces au fin fond de la Norvège –, avoir bu une tisane de laitue et être allé se coucher. Il essayait encore la fameuse boisson de temps à autre, avec l'espoir d'en sentir enfin les effets. Au lit, il avait allumé la lampe de chevet et entamé la lecture d'une nouvelle sur un psychopathe qui, un jour, avait tué deux lapinots par erreur.

Le détail des deux lapinots fut la goutte qui fit déborder le vase, et il se surprit à sangloter. Il referma le livre et songea à appeler Ada, qui regardait une émission sur les momies dans le salon, mais il sentit son corps lui peser comme jamais. En général, Otto mettait une bonne heure à fermer l'œil. Et plus encore quand il était fatigué, peut-être parce que l'épuisement se mêlait au désir angoissé de vouloir se reposer au plus vite, ce qui portait son temps de latence à près de deux heures en moyenne.

Ce soir-là, à peine Otto eut-il éteint la lampe qu'il sombra dans un sommeil de légume, profond et agité, avec quinze types différents de cauchemars. Il rêva, par exemple, qu'il était dans une ville déserte et essayait d'appeler sa femme, mais qu'il se trompait en composant le numéro. Il réessayait et se trompait de nouveau ; c'était comme si le numéro était long de trente-cinq chiffres et qu'à la moindre hésitation ou erreur il dût tout recommencer. Les boutons de l'appareil étaient durs, il fallait appuyer fort – du coup, il arrivait que le numéro s'affiche deux fois et Otto était bon pour retaper toute la série. Ensuite, il eut envie de crier, crier – à cet instant, il savait que ce n'était qu'un rêve et qu'il avait besoin de l'aide d'Ada pour se réveiller –, mais pas un son ne sortait de sa bouche. En général, Ada était là, couchée à ses côtés, sans se douter de la détresse dans laquelle se trouvait son mari. Il rêva également d'un gang de dentistes sadiques dans un Kombi garé devant la maison jaune. Il fermait portes et fenêtres pour empêcher l'entrée des malfrats, mais Ada passait derrière lui et rouvrait tout, permettant ainsi à ces sinistres individus d'envahir les lieux.

Dans le cauchemar le plus saisissant de la nuit, Otto essayait de fuir des momies qui voulaient lui sucer la cervelle, quand il comprenait subitement qu'il était en train de dormir. Une fois de plus, il n'arrivait pas à crier pour appeler sa femme au secours ; il décidait donc de se relaxer et de profiter du cauchemar. Sachant qu'il n'était pas dans la réalité, il lui était plus facile d'agiter les bras et de se mettre à voler comme ces bâtonnets à hélices avec lesquels jouent les enfants – c'est ce qu'il faisait, il prenait son envol et arrivait à une hauteur telle qu'il était hors de portée des momies. Par moments, c'était épuisant de se maintenir dans les airs ; malgré tout, il n'était pas tombé une seule fois.

D'en haut, pendant qu'il volait, il vit sa femme creuser une sépulture dans le jardin, à l'endroit exact où par la suite les chiens de Teresa avaient farfouillé. La terre était dure et Ada soufflait, épuisée, salie et nerveuse. Les voisins traînèrent depuis la rue un sac très lourd contenant un cadavre. Arrivés au jardin, ils le firent rouler et l'expédièrent dans la fosse. Le sac éclata en atteignant le fond : ce n'était pas un cadavre, c'étaient des lapinots. Effrayé, Otto s'envola au loin.

Il était presque l'heure du déjeuner quand Ada le réveilla. Il avait mauvaise mine, elle lui demanda si ça allait.

« Onze heures, déjà ? Mon Dieu. J'ai l'impression d'avoir roupillé depuis février, répondit Otto, encore à moitié endormi. Je suis crevé, complètement flapi, et j'ai mal au crâne. J'ai crié ?

— Comment ?

— Pendant que je dormais, j'ai dit quelque chose ? J'ai crié ? Je me suis levé ? J'ai l'impression d'avoir dansé la gigue toute la nuit.

— Non, pas du tout. Tu as dormi comme une masse, d'un sommeil vachement profond.

— J'ai fait un tas de cauchemars. Un Kombi, là, devant le portail, bourré de dentistes, une sépulture creusée dans le jardin et toi rouvrant les portes et les fenêtres que je venais de fermer… Pourquoi as-tu rouvert les portes et les fenêtres que je venais de fermer ? Tu fais toujours ça. »

Malgré tout, Otto n'alla pas jusqu'à considérer que cette nuit pût être une piste, un épisode suspect, même si tout cela lui revenait à l'esprit de temps en temps. Il n'avait jamais dormi d'un sommeil aussi lourd, jamais fait de rêves aussi intenses. Pourquoi sa femme ne l'avait-elle pas réveillé plus tôt ?

Un jour, alors qu'ils faisaient la queue à la boulangerie, Nico l'informa que ces rêves dans lesquels on sait qu'on est en train de rêver, partiellement contrôlables, sont appelés rêves lucides. Coïncidence, le facteur et lui adoraient réaliser des expériences scientifiques dans ce domaine – apparemment, tous deux passaient leurs journées à faire des *reality checks*, des tests de réalité, en observant leurs mains (pour voir si elles avaient bien cinq doigts chacune, si elles étaient de la bonne taille et réagissaient normalement aux stimuli) et en reconstituant le trajet qui les avait conduits jusqu'à l'endroit où ils se trouvaient. « En accroissant la conscience de ce qui est réel, il est plus facile d'accroître la conscience de ce qui ne l'est pas, et ainsi de prendre le contrôle de ses rêves, expliqua le pharmacien. Certains médicaments favorisent ce processus, on peut gagner en lucidité avec la fluoxétine, le citalopram, le zolpidem, même si, nous, ce qu'on préfère, et de loin, c'est d'essayer sans rien prendre. Mais c'est vrai que le zolpidem marche très bien. »

En vérité, le facteur n'avait jamais réussi à contrôler ses rêves, mais il aimait vérifier sans arrêt s'il dormait ou pas. Il marchait en regardant ses mains, dans l'espoir de voir six doigts ou cinq moignons bleuâtres – mais tout ce qu'il arrivait à constater, c'est qu'il avait besoin de se couper les ongles. Entre deux remises de courrier, il se bouchait le nez et essayait de continuer à respirer. Ou il allumait et éteignait la lumière, en espérant qu'un jour il se passe quelque chose d'anormal – dans les rêves, il arrive fréquemment que les ampoules grésillent indéfiniment ou tardent à s'allumer. Quand on dort, impossible également de déchiffrer des lettres pourtant toutes simples, qui se brouillent sous nos yeux. Nico demandait à son ami de ne pas baisser les bras et d'essayer de lire tout ce qu'il pouvait sur les différentes méthodes utilisées par les oironautes pour explorer leurs rêves. Lui, maintenant, réussissait à avoir des rêves lucides – ses préférés étaient ceux avec des miroirs.

Nico se regardait dans un miroir et voyait le visage d'un individu élancé et roux, se payant sa tête. Avant de sombrer dans le désespoir, il se demandait : « Quel trajet ai-je suivi pour arriver ici ? », et il n'avait jamais la réponse.

« Les deux meilleures méthodes pour un test de réalité, ce sont celles du miroir et du temps linéaire », expliqua-t-il à Ada au cours d'une conversation au sujet de la turbulence onirique de son mari. « Une fois que je suis sûr de rêver, je peux faire ce qui me passe par la tête, c'est-à-dire en général m'approcher d'une jeune femme et, sans un mot, croc, la mordre juste là, dans le cou.

— Très bien, dit-elle. Si un jour je te trouve

en train de boulotter une parfaite inconnue, sois tranquille, je lui expliquerai. »

Nico adorait faire des rêves lucides, même s'ils étaient rares. Teresa en était parfois l'une des protagonistes, ce qui donnait lieu à des scènes inénarrables.

« Et vous savez quoi ? J'arrive à rembobiner les rêves. Quand une scène, ou quelque chose que j'ai fait ou dit, ne me plaît pas dans les dernières images, il suffit de revenir en arrière et de recommencer. Comme au théâtre. Une fois, j'ai dit à Teresa : "Non, là, c'est rasoir. On va la refaire, d'accord ?", et elle a accepté immédiatement. La deuxième prise a été fabuleuse, une scène d'anthologie. Digne d'un film. Un jour, sans que je le fasse exprès, vous vous êtes retrouvée à la place de Teresa, et ça a donné un truc bizarre… »

Cette idée de pouvoir contrôler ses rêves intéressa beaucoup Ada. Elle projeta même de lire des ouvrages sur la question et d'enregistrer des émissions sur la chaîne scientifique. Otto, lui, pensait que c'était impossible, voire franchement idiot. Mis à part cette fameuse nuit, il n'avait jamais eu de rêves lucides. De même qu'il n'avait jamais autant dormi ni aussi vite trouvé le sommeil. Il en avait conclu que la tisane de laitue devait y être pour quelque chose.

Depuis le pas de la porte, Otto ne voulut même

pas demander les raisons d'un tel désordre. Il traîna ses savates jusqu'au jardin, constata dans quel état se trouvaient ses tulipes, jeta un regard noir à Tuco, puis demanda si quelqu'un pouvait venir l'aider à changer une ampoule. Comme elle se sentait coupable, Teresa se proposa. Elle demanda à Nico de ramener les chiens chez elle pendant qu'elle irait aider M. Otto.

« On va remettre votre jardin en état, c'est promis. Les chiens se font vieux, ils n'y voient plus très clair… Et surtout ne vous en faites pas, je vous rapporterai des plants comme l'an dernier. »

Otto ne répondit pas et la pria d'entrer.

« J'adore cette moquette », lança-t-elle, pour essayer de se rendre sympathique. Le sol du salon était couvert d'un revêtement marron toujours crasseux qui faisait éternuer tout le monde. « Ça doit être bien agréable de marcher pieds nus ici, surtout l'hiver, et même s'asseoir par terre ça doit être chouette, encore que je ne voie pas trop pourquoi vous voudriez vous asseoir par terre au lieu de vous installer dans cet excellent fauteuil, évidemment. Chez moi, j'ai dû arracher la moquette à cause des chiens, ils passaient leur temps à lever la patte dans tous les coins, après bonjour les taches, énormes, jaunasses. Du coup, chaque fois, il fallait que j'achète un meuble que j'installais au-dessus de l'auréole pour camoufler, si bien que le salon était plein à craquer avec tout ce mobilier et il flottait dans l'air comme une odeur de bibliothèque, des poils et de la poussière partout, en plus je me cognais à longueur de temps contre les tables, les guéridons, les commodes. Un jour, j'en ai eu ras le bol et j'ai enlevé toute la moquette. Maintenant, la maison est un peu froide, vous voyez, les chiens glissent sur les tapis, et par-dessus le marché vous devez entendre la machine à écrire… Ce type de sol amplifie les sons, ça fait un écho terrible, même si j'essaie de travailler dans la pièce du fond pour ne pas déranger mes voisins. Mais enfin, pour ce qui est de l'odeur, ça s'est amélioré et mon salon est plus dégagé, ce qui est super. »

Otto claqua la porte et tira les rideaux.

« Qu'est-ce qu'il y a ? sursauta Teresa, légèrement troublée. Euh, bien… C'est l'ampoule de la chambre ? dit-elle timidement.

— Oui. Celle de la chambre », lui montra-t-il.

Teresa s'avança dans la direction indiquée, mais Otto l'arrêta : « Allez-vous me dire ce qui se passe à la fin, ou va-t-il falloir que je le découvre tout seul ?

— De quoi parlez-vous ?

— De ma femme.

— Quoi ? Qu'est-ce qu'elle a ?

— Comment ça, qu'est-ce qu'elle a ? »

Teresa testa l'interrupteur, sans succès. Un frisson lui parcourut l'échine : Otto était-il en train de tourner comme M. Taniguchi ? En ce cas, qu'allait-il lui faire ?

Seconde hypothèse : il savait quelque chose.

« Vous êtes sûr que tout va bien ? » l'interrogea-t-elle d'une voix affable.

Le vieux resta silencieux, les bras croisés.

« Avec votre femme, vous rangiez l'escabeau dans le jardin de derrière, non ? » demanda-t-elle, se mordant aussitôt les doigts d'avoir mentionné l'épouse d'Otto. « Enfin, je crois que, la dernière fois que je suis venue, le matériel pour le ménage et le jardinage étaient là-bas, dans le... dans cette... cette remise toute rouillée... »

Toujours aussi soupçonneux, Otto sortit dans le jardin de derrière, où il rangeait les outils, en effet. Teresa lui emboîta le pas, morte de honte. Elle se proposa pour porter l'escabeau. « Avec votre dos, vous ne pouvez pas forcer comme ça, chaque fois que vous avez besoin, vous pouvez m'appeler, je suis à deux pas, d'accord ? » Il ne décrochait toujours pas un mot.

« Je sais comme ces choses-là sont difficiles. Moi-même, j'ai perdu ma mère à vingt-cinq ans et ça a été horrible, mais vous pouvez compter sur vos voisins. Ada m'avait demandé un jour de veiller sur vous dans le cas où... Vous comprenez... On a beaucoup d'affection pour vous. »

Otto attrapa l'escabeau et lui demanda pardon pour passer.

« Attendez, je vais… » commença-t-elle, avant de renoncer.

Pendant qu'il transportait l'escabeau, Teresa se demanda comment tester la santé mentale d'Otto. Mais le vieux ne lui en laissa pas le temps. Il lui tendit l'ampoule neuve. Tandis qu'elle grimpait, il attaqua :

« Bon. Je sais qu'Ada cachait quelque chose. »

La voisine tangua sur le troisième degré.

« De quoi voulez-vous parler ?

— Du rouquin. Le fantôme. Le rouquin avec une capuche qui rôde dans le quartier. »

Elle fit mine de ne pas avoir entendu, occupée à installer la nouvelle ampoule. Elle redescendit de l'escabeau en silence et se dirigea vers l'interrupteur. Rien.

« J'ai dû mal la visser, regretta-t-elle, avant de remonter.

— Il y a un rouquin dans la ville, poursuivit le vieux. Il vient de temps en temps, et il était là il y a un instant à regarder dans mon jardin, avec un sweat noir à capuche. C'est qui, ce type ?

— Monsieur Otto… se lança-t-elle, mais il l'interrompit.

— Il était immobile de l'autre côté de la rue, les mains dans les poches. Et ce n'est pas la première fois que je le vois.

— Monsieur Otto, il n'y avait aucun rouquin dans la rue.

— Il est déjà venu ici, il y a quelque temps. J'étais en train de somnoler.

— Écoutez, la seule personne qui n'était pas du quartier, répondit Teresa, feignant l'indifférence, c'était le cousin de Mariana. Mais il n'est pas roux, il est brun et il est étudiant en économie. »

Otto ne répondit pas et Teresa recommença son opération en silence. Elle redescendit de l'escabeau, appuya sur l'interrupteur. Toujours rien.

« Vous auriez de la paille de fer ? demanda-t-elle. Je pourrais donner un petit coup sur le culot de l'ampoule et voir si… »

Elle regarda derrière elle : Otto avait disparu. Elle l'appela, mais il se trouvait dans le salon, occupé à fouiller dans un tiroir. Teresa alla jusqu'à la cuisine et prit un bout de paille de fer dans le placard du haut, familiarisée qu'elle était avec la disposition millénaire de chaque chose dans la maison.

Elle entendit du bruit dans le salon pendant qu'elle s'en retournait avec son matériel. Elle coupa l'électricité, remonta sur l'escabeau, dévissa l'ampoule, la frotta avec la paille de fer et la remit en place. Quand elle descendit pour réessayer, le vieux s'approcha. Cette fois, la lumière s'alluma. Elle sembla soulagée.

« Bon, ça y est. Je vais juste vous aider à remettre l'escabeau à sa place et après je dois… »

Sans dire un mot, le vieux déposa sur le lit une

énorme agrafeuse. Cette fois, il déraille pour de bon, songea Teresa, en se demandant par où elle allait bien pouvoir prendre la fuite. Tandis que sa voisine restait muette, l'air effrayé, Otto se ressaisit de l'objet et fit un pas dans sa direction. Tout en se protégeant avec les mains, elle recula. « C'est moi, Teresa », balbutia-t-elle.

Otto, la mine incrédule, lui tendit l'agrafeuse, en expliquant qu'elle devait appartenir à quelqu'un du quartier. En tout cas, elle n'était pas à lui. Il n'était pas en train de devenir fou : il l'avait trouvée dans un seau et il tenait à la rendre.

« Ce n'est pas à moi, dit Teresa, un brin embarrassée. Je crois que c'est à l'église, ils s'en servent pour les kermesses.

— Ah, bon. D'accord.

— Quoi qu'il en soit, s'exclama la voisine en prenant son courage à deux mains, il n'y a pas de rouquin dans la ville. Et aujourd'hui je n'ai vu personne avec un sweat à capuche dans la rue. Je pense que vous devriez aller voir Nico, peut-être lui demander des calmants.

— Il est venu ici un après-midi, alors que je m'étais assoupi. Quand je me suis réveillé, Ada était sur le pas de la porte, à discuter avec lui, et elle l'a fait déguerpir illico. Après, elle m'a dit que c'était un vendeur de mutuelle santé ou un truc dans le genre. » Lentement, Otto replia l'escabeau métallique et s'apprêta à le rapporter lui-même dans le jardin. Mais Teresa le devança et Otto continua de parler tout en suivant sa voisine : « Peu avant Noël, je l'ai revu, ce rouquin, cette fois devant le commissariat. Et aujourd'hui, rebelote. Vous voulez que je vous dise, je ne crois pas que ce type soit là pour vendre quoi que ce soit… »

Teresa déposa l'escabeau dans la remise, ferma la porte et se remit en route vers le salon.

« Je pense même, poursuivit le vieux, que vous savez parfaitement de quoi je parle. Vous savez qui est le rouquin.

— Monsieur Otto, je ne vois pas de quoi vous parlez et je dois rentrer pour voir si Tuco va bien. Si vous avez besoin, vous m'appelez, d'accord ?

— Je ne suis pas en train de devenir fou », lança-t-il encore, à part lui.

En sortant de la maison jaune, Teresa poussa un ouf de soulagement, puis enjamba le muret qui séparait son jardin de celui de son voisin.

Profitant de l'absence de sa maîtresse, Ananias avait à peu près complètement déchiqueté le canapé. Mendonça s'était gavé de bourre et était à présent affalé par terre, avec des aigreurs d'estomac, car son régime habituel comprenait bien des tongs en caoutchouc mais pas de mousse, dont on reconnaîtra volontiers qu'elle est parfois indigeste. Il avait même essayé d'avaler la fermeture de la housse du canapé, sans toutefois y parvenir – ce n'était plus la forme de jadis.

La porte de la petite pièce du fond était ouverte, légèrement amochée par Tuco, qui s'attaquait maintenant à une pile de documents en allemand. Quand Teresa entra, le boxer était en pleine activité, occupé à détruire de précieux formulaires qui demanderaient des mois de travail pour être retapés, peut-être même serait-elle licenciée, mais ce n'est pas ça qui la préoccupait. Épuisée, Teresa s'assit sur son fauteuil à roulettes, prit Tuco sur ses genoux, et, alors qu'il lui léchait l'oreille et les cheveux, eut envie d'éclater en sanglots.

Elle ne savait plus si ce qu'ils avaient fait était vraiment défendable. Ni si cela justifiait toute cette souffrance, les menaces, la douleur, la culpabilité et la mort de belles tulipes.

Tuco pensait que non.

Cet après-midi-là, Otto se prépara une tasse de tisane de laitue pour voir s'il arriverait à se reposer. Nerveux, soucieux, il devenait parano. Il avait clairement la sensation que tous ses voisins se liguaient contre lui, ourdissaient une invraisemblable conspiration. Peut-être M. Taniguchi ressentait-il exactement la même chose dans ses délires de persécution ? C'était peut-être ça, perdre la raison. Au bout de dix minutes, il s'assoupit et fit toute une série de rêves étranges – dans l'un d'eux, Ada était encore vivante et plantait du cresson. Elle avait l'air très jeune et portait un chapeau amusant, en plus de la robe blanche à fleurs rouges du bal de leur première rencontre. Il essaya de s'approcher, mais Iolanda surgit avec un énorme album de photos et quelque chose de lourd tomba du ciel – une agrafeuse industrielle, qu'ils avaient utilisée pour les banderoles et les déguisements lors de la dernière fête de la Saint-Jean. Une agrafeuse toute sale, pleine de terre.

Puis la voisine est devenue un homme roux, a gonflé et est montée aux cieux, tandis qu'Ada se trouvait dans le salon, assise à même le sol avec des yeux légèrement verts. C'était l'été, probablement le matin, mais il y avait des étoiles dans le ciel. Test de réalité : Otto regarda ses mains, elles avaient chacune trois longs doigts transformés en carottes.

« Je sais que nous ne sommes pas ici, ensemble, mais je voulais que tu saches que je t'aime », dit-il, en serrant la main de son épouse. Ça n'avait beau être qu'un rêve, autant en profiter.

Et elle, incroyablement convaincue du caractère irréel de tout cela, de répondre : « Je sais. » Puis elle sourit.

6. LES JEUNES MARIÉS

La veille, Mariana s'était préparé un milk-shake à deux heures du matin. Après avoir presque tout bu, elle avait mis le reste au frigo et était allée directement se coucher. Otto le savait parce qu'il ne dormait toujours pas à cette heure-là, parce qu'il avait entendu l'appareil triturer la pulpe de fruit congelée et parce que le milk-shake à la fraise était la boisson favorite de Mariana quand son mari était en déplacement.

Les jeunes mariés étaient venus s'installer dans le quartier en quête d'une existence paisible. Elle était issue d'un milieu aisé et habitait jusque-là un F5 dans la capitale où elle avait étudié l'anthropologie avant de se consacrer à la recherche. Elle percevait une bourse d'études misérable, ne devant sa subsistance qu'à sa famille, jusqu'au jour où elle avait décidé de se marier. Son mari était ingénieur, spécialiste en hydroélectricité, et avait eu le coup de foudre pour cette grande jeune femme aux manières raffinées, qui hésitait sur sa carrière. Ils s'étaient connus lors d'une fête, ne s'étaient fréquentés que peu de temps, puis Mariana avait décidé d'abandonner son master.

Elle avait vingt-quatre ans et ne supportait plus l'ambiance de l'université avec ses luttes intestines pour la conquête du pouvoir, ses egos surdimensionnés et ses coups tordus ; elle n'était pas fan non plus des normes obligatoires pour la rédaction de ses travaux, elle n'avait jamais réussi à s'y habituer. Elle aimait lire des choses sur les peuples à oreillers et les peuples sans oreillers, sur les peuples adeptes de la position accroupie et les peuples qui ne savent pas cracher.

Ses parents lui sortaient par les yeux, si bien qu'elle fut emballée à l'idée d'aller vivre loin de chez elle. Quand son mari lui parla d'une bourgade ne comptant que quelques rues sinueuses où tout était pittoresque, avec des maisons colorées, presque les unes sur les autres, elle pensa à Lévi-Strauss et aux Indiens Nhambiquara, aux grands explorateurs et anthropologues du passé, et se déclara partante pour acheter un logement dans la rue au-dessus de la maison jaune.

Une fois mariée, elle continua de s'intéresser à l'anthropologie, mais plus dans une optique professionnelle. Elle passait ses après-midi à ne lire que ce qu'elle aimait vraiment, délaissant tel ouvrage pour un autre plus à son goût. Son mari voyageait beaucoup et, progressivement, elle s'habitua à rester seule pendant de longues périodes, un livre sur les genoux, dont elle n'abandonnait la lecture que pour aller dîner chez Teresa et accomplir quelques tâches ménagères – peu nombreuses, puisqu'ils n'avaient pas d'enfants.

Ils habitaient ensemble depuis moins d'un an. Au cours des rares périodes où il était à la maison, Mariana essayait de convaincre son mari de regarder pour la dixième fois son film préféré : *Nanouk l'Esquimau*, qui racontait les mésaventures d'une famille inuit au début du XXe siècle. Ses longues absences le faisant culpabiliser, il cédait, mais le plus souvent il s'endormait devant la télé. Mariana faisait mine de ne pas le remarquer, mais parfois ça la contrariait et elle faisait exprès de le réveiller au moment de son passage préféré : « Nyla mastique les bottes de Nanouk pour qu'elles deviennent plus souples. » Teresa avait dû voir le film plusieurs fois, elle aussi, tout en faisant de la couture ou quelque autre travail manuel. Elle avait pitié de sa jeune voisine, solitaire et désœuvrée, mais elle non plus n'arrivait pas à rester éveillée au cours de ces séances. La seule qui parvenait à suivre le documentaire avec toujours la même concentration sans faille, c'était Mariana, qui sanglotait doucement lorsque l'Esquimau est tout émerveillé devant un gramophone. « Ah, sacré Nanouk », lâchait-elle, comme si elle était une intime du héros. Nanouk vérifiait sous l'appareil, derrière, il regardait la caméra et se fendait d'un sourire. « Non mais regardez-moi cette bouille », répétait-elle.

En venant s'installer dans les parages, Mariana pensait qu'elle serait plus tranquille pour lire et avancer dans ses recherches personnelles. Elle ne pouvait pas prévoir que ce serait précisément le contraire – entraînée dans les péripéties du voisinage, elle avait à peine le temps d'étudier. Pour autant, elle n'avait personne avec qui discuter sérieusement de ses doutes au plan académique, personne avec qui partager vraiment sa passion pour les rituels de don des Aborigènes australiens. Seule, Mariana invitait parfois son cousin à déjeuner et lui demandait de lui raconter ce qu'il étudiait à l'université. Il venait avec un sac bourré de livres, parlait fort et mettait les pieds sur la table basse. Le mari de Mariana appréciait modérément.

Ce soir-là, au lieu de lire, la jeune femme avait passé un temps fou à aider Teresa à pulvériser du DDT.

Elles avaient décidé que le nid de cafards se trouvait dans la cuisine, sous l'évier, où aboutissait toute une série de passages. Mariana se proposa de répandre le poison dans les trous et de passer quelques heures assise par terre, pour voir si des bestioles allaient sortir de là. Elles comptaient toutes les deux sur l'aide d'Ananias, grand dévoreur de cafards devant l'Éternel, aux aguets à l'entrée de la cuisine. En attendant, elles engagèrent une conversation sur Marcel Mauss et les choses de la vie – il n'y avait qu'un sujet qu'elles ne pouvaient pas aborder, précisément celui qu'elles avaient toutes les deux en tête ce soir-là comme les soirs précédents : l'incident.

Depuis le début, l'anthropologue s'était montrée réticente. Elle ne connaissait pas les détails, mais elle avait dans l'idée que quelque chose ne tournait pas rond. Il y eut un moment où elle songea même à déménager. Mais son indignation n'était pas aussi profonde. Les jours passèrent, les semaines, puis les mois, le vent tourna, et Mariana resta. Elle prit ses distances avec Teresa durant quelque temps, afin d'éviter les disputes. Avec la crise des cafards, elle recommença à fréquenter la maison de sa voisine, à une condition : elles n'évoqueraient pas le sujet. Pas un mot sur l'incident.

C'est pourquoi Otto eut beau tendre l'oreille en se penchant à la fenêtre ou en gagnant discrètement le jardin, il ne fut pas plus avancé. Il pensait saisir au vol quelques allusions au fantôme roux, mais n'eut droit qu'à un cours d'anthropologie et à de vagues considérations sur les cafards, entrecoupées par les aboiements des chihuahuas névrotiques de Iolanda et les éternuements de Mendonça, qui s'était enrhumé.

Encore à présent, quand il était couché, il arrivait qu'Otto entende très nettement Ada respirer sur l'oreiller d'à côté. Il essayait de rester sans bouger afin de ne pas briser le charme. S'il se tenait parfaitement immobile, peut-être qu'elle reviendrait, se disait-il, et certaines nuits il lui semblait l'entendre l'interpeller : « Otto ? », ou il la sentait remuer, à la recherche d'une meilleure position. Il avait l'habitude de dormir tout recroquevillé, pour laisser plus de place à Ada, mais aussi pour se prémunir contre ses coups de coude : « Pendant la journée on s'adore, mais la nuit c'est la guerre », avait-il l'habitude de déclarer, épuisé d'avoir passé des heures à lutter contre sa femme.

Elle tirait sur les couvertures, s'emberlificotait dans les draps et piquait l'oreiller d'Otto, qui parfois se réveillait par terre. Ada avait le sommeil si lourd qu'il pouvait l'extirper des draps et la faire rouler dans l'autre sens sans qu'elle s'en rende compte. Tout au plus lâchait-elle quelques grommellements. « Ada, laisse-moi un peu de place, quand même ! » la priait-il, mais en général, elle ne réagissait pas. Il ne lui restait plus alors qu'à employer la force et à la pousser, avec précaution afin qu'elle ne tombe pas de l'autre côté du lit – ce qui était tout de même arrivé une fois. Mais Ada ne s'en souvenait pas.

« C'est vrai ? Vrai de vrai ?

— Ben oui. J'en pouvais plus, tu étais pratiquement sur moi, les bras en croix. Je t'ai demandé de t'écarter, mais tu n'as pas entendu. Alors je t'ai poussée et tu es tombée », avait raconté Otto.

Parfois, les nuits de grande chaleur, il se réveillait en nage et demandait à Ada de se lever pour l'aider à changer les draps – elle ne répondait quasiment jamais. Une fois, Ada se redressa comme un automate et resta à dormir debout, adossée au mur. Quand Otto eut fini, il dut la rediriger vers le lit, où sa femme s'écroula et replongea immédiatement dans ses rêves.

Un matin, Otto se réveilla avec une jambe couverte d'ecchymoses violacées. Il se disait que les coups de coude et coups de pied de sa femme étaient sûrement la conséquence d'une rage accumulée au long de la journée ; du reste, il ne se privait pas de lui rendre la pareille, furieux qu'elle ait interrompu son sommeil. « La nuit, c'est la guerre, répétait-il. *Jus in bello.* » Il était fréquent qu'elle fasse un mouvement brusque à l'instant précis où il était sur le point de s'endormir, ou qu'elle éclate de rire sans motif, à cause d'un rêve amusant. Tout ça le mettait sérieusement en boule. Les nuits avaient toujours été compliquées dans la maison jaune.

Et ce fut pire encore après le départ de sa principale résidente – il arrivait souvent qu'Otto se réveille en pleurs sans comprendre, se rappelant subitement le jour de leur mariage lorsqu'ils avaient pris la poudre d'escampette par le fond de l'église, fuyant ouvertement leurs invités. Ada portait une robe toute simple en dentelle, elle s'était cassé un talon et avait dévalé la côte pieds nus, le soleil tapant sur tous les replis de sa peau. Ils avaient filé en bus et personne n'aurait pu soupçonner qu'ils venaient tout juste de se marier. « Les invités doivent encore nous attendre », songea Otto, imaginant des momies avec nœud papillon devant la chapelle bleu pastel.

La fuite avait été facilitée par le curé et un tout jeune enfant de chœur qui les avait accompagnés dans la descente et leur avait donné de la monnaie pour prendre le bus. Ils avaient papoté jusqu'à leur arrivée à la maison jaune.

Ils s'étaient bien amusés le jour du mariage, mais, pour leur nuit de noces, Ada aurait quand même pu s'abstenir de s'endormir comme une masse pendant qu'Otto se lavait les dents.

« Dis donc, je vois que tu arrives à rester accroupie, toi », observa Mariana, assise sur le sol de la cuisine, après un long silence. Elles avaient introduit dans les différents interstices une bombe entière de gaz toxique et attendaient à présent que les cafards sortent de leur repaire.

« Oui, mais pas très longtemps », répondit Teresa.

Nouveau silence. Mariana en profita pour rassembler ses longs cheveux noirs en chignon.

« L'autre jour, j'ai lu que les enfants peuvent rester accroupis indéfiniment, sans aucun appui, juste assis sur leurs talons. Et que par la suite on perd ce don.

— Pour quelle raison ?

— Aucune idée. Mais certains peuples arrivent à le conserver… Ils disent que c'est parfait pour la chasse et la guerre. Parce que, comme ça, tu peux t'arrêter même dans une zone marécageuse et souffler un peu sans avoir à poser tes fesses par terre.

— Alors que, là, comme tu es, tu es obligée de changer de position.

— Ben oui, je croise les jambes dans un sens, puis dans l'autre. Sans pouvoir m'adosser, à la longue c'est pas terrible. »

Nouvelle pause. Les cafards devaient être en train de faire la fiesta sous l'évier. Mariana était gênée et s'échinait à trouver un sujet pour alimenter la conversation. Parler d'habits était délicat, car Teresa était franchement mal fagotée, toujours avec de vieux bermudas, des T-shirts usés jusqu'à la corde, des joggings et des mules. Elle expliquait que c'était parfait pour taper à la machine, qu'elle était à l'aise comme ça. Alors que Mariana, même si elle restait chez elle, portait des robes en soie et des sandales délicates, se coiffait avec soin et se parfumait. L'âge venant, finirait-elle par se négliger, elle aussi ?

« Tu sais ce que je voudrais montrer à Nico ? demanda Mariana. Un traité sur l'évolution des techniques de natation au fil des siècles. Ça ne sert absolument à rien, mais c'est tellement génial...

— Comme l'anthropologie, coupa Teresa, sans avoir conscience de sa provocation.

— Le type raconte que, au début, quand la natation n'en était qu'à ses premières brassées, on t'apprenait d'abord à nager les yeux fermés, puis à plonger, et, en dernier, à ouvrir les yeux. Maintenant, non : on apprend d'abord à se débrouiller dans l'eau les yeux ouverts, parce que ça te permet de contrôler tes réflexes, et du coup tu as moins peur. Quand on apprend à nager les yeux fermés, il faut faire preuve d'encore plus de courage, ensuite, au moment de les ouvrir.

— Moi, je nage toujours les yeux fermés, raconta son amie. J'ai appris alors que je portais des lentilles de contact, donc il était hors de question que j'ouvre les yeux.

— Regarde, là ! Un cafard !

— Passe-moi la mule.

— Non, attends. Laisse-moi lui parler », demanda Mariana, sans qu'on sache si elle plaisantait ou non.

Lors d'une de ces fameuses séances *Nanouk l'Esquimau*, la jeune femme avait noté que le protagoniste ne se dérobait jamais au moment de sacrifier des renards, d'égorger des phoques ou de chasser des morses. Dans une scène, on le voit tuer un poisson avec les dents, avant d'aller jouer avec ses enfants. Ce flegme des Esquimaux la rassérénait, cette façon de retourner à leurs tâches habituelles et de sourire même après avoir accompli des choses terribles. En faisant des recherches sur la question, elle apprit que les Inuits d'autrefois flanquaient leurs vieillards dehors en pleine nuit, l'hiver, pour qu'ils meurent de faim ou de froid. En période de disette, ne pouvant plus les nourrir, ils les abandonnaient sur des blocs de glace, les jetaient à l'eau ou les enterraient vivants. La victime pouvait être conduite dans un endroit désert et livrée à son sort, ou le contraire : la communauté décidait de plier bagage pendant que le vieux dormait. Bien souvent, les personnes âgées décidaient elles-mêmes de se pendre ou demandaient à quelqu'un de les noyer. Tout cela était justifiable.

Tandis qu'elle exterminait des cafards, Mariana se rappelait ces textes et pensait à Nanouk léchant un couteau en ivoire de défense de morse. La salive se transformait immédiatement en glace, augmentant ainsi le tranchant de la lame. Pendant qu'il construisait un igloo, les enfants jouaient au traîneau humain, glissant sur le dos des uns et des autres.

« Tu savais que, lorsqu'un Esquimau se fait tuer, sa famille peut accueillir l'assassin en personne pour qu'il prenne la place du défunt ? demanda Mariana, une mule à la main. Ce qui compte le plus pour eux, c'est l'idée du remplacement, ils laissent de côté tous les autres aspects, ajouta-t-elle.

— Je veux bien le croire », affirma Teresa, un brin confuse.

Ça lui évoquait vaguement une des rares scènes de *Nanouk* qu'elle se rappelait avoir vues. Était-ce avant ou après le moment où une flopée de gens entassés dans un kayak, une famille entière, s'en extirpent les uns après les autres comme dans une comédie des Marx Brothers ?

« D'un autre côté, il y a des choses qu'on fait de nos jours sans se poser la moindre question et qui étaient considérées comme des crimes gravissimes à une autre époque.

— Genre tuer des cafards ?

— Par exemple, répondit Mariana. Dans la Grèce antique, ils avaient un festival qu'on appelait les Bouphonies, pendant lesquelles on sacrifiait des bœufs.

— Là ! Un autre ! Tu le vois ? »

D'un coup de mule, l'anthropologue écrasa un orthoptère de plus.

« Qu'est-ce que je disais, déjà ? Ah oui, abattre des bœufs, poursuivit-elle, c'était un crime. Donc, que faisaient-ils ? Ils organisaient un pseudo-jugement après le sacrifice, et tous les participants étaient convoqués comme témoins. À la fin, on décidait à l'unanimité que la responsabilité du crime devait être imputée au couteau et qu'il convenait par conséquent de le balancer à la mer.

— Malin, commenta Teresa.

— Mule criminelle », tonna Mariana contre ladite savate. Avant de continuer : « Les Choctaws, des Indiens d'Amérique, quand ils tuaient et scalpaient un ennemi, observaient un deuil d'un mois. Pendant cette période, ils n'avaient pas le droit de se coiffer et, s'ils avaient la tête qui les démangeait, pas question de se gratter, ou alors avec une baguette qu'ils fixaient à leur poignet.

— J'ai lu qu'en Thaïlande c'était une grave offense de montrer la plante de ses pieds à quelqu'un », conclut Teresa, sans que le rapport saute aux yeux.

Irrité par cette conversation absurde et par l'imminence de nouveaux coups de mule contre le mur de sa voisine, Otto renonça et s'en retourna dans le salon. En traînant des pieds, il alla jusqu'au placard encastré, ouvrit pour la énième fois un tiroir et en sortit une enveloppe qu'il emporta lentement jusqu'au fauteuil avec la couverture à carreaux.

Le dossier était dans un tel état qu'on aurait cru

que quelqu'un en avait mâchonné le contenu avant de le recracher. C'étaient des papiers de l'hôpital, les résultats d'une série d'examens qu'Ada avait faits l'année précédente – hémogramme, radio, échographie, mammographie, échocardiogramme bidimensionnel en couleur, Doppler, Holter et examen ergométrique. Certains étaient plus froissés que d'autres – ceux qu'Otto était resté des nuits à fixer, comme si leur faire les gros yeux pouvait inverser ce qui était arrivé au corps d'Ada le matin de sa mort.

Pour des raisons inconnues, ces résultats n'étaient pas parvenus à leur destinataire en temps et en heure. Ada avait fait son check-up fin août, mais il y avait eu un problème avec la poste en septembre : pendant deux semaines, personne dans le quartier n'avait reçu la moindre lettre. Puis la situation s'était normalisée et la distribution du courrier en retard avait progressivement repris. Sauf que certains plis s'étaient perdus pour de bon – et beaucoup avaient dû demander des duplicata de bulletins de salaire, d'autres avaient été privés de leur livraison mensuelle de catalogues et de magazines. Teresa n'avait pas reçu son volume du club du livre, un bon roman victorien qu'elle n'avait toujours pas réussi à récupérer, même après avoir rempli des formulaires à n'en plus finir destinés à prouver la non-réception de la marchandise. Ada n'avait pas reçu le résultat de ses examens, mais elle ne s'en était même pas rendu compte. Pensant qu'ils avaient été directement adressés au médecin, elle n'avait cessé de remettre à plus tard la prise d'un rendez-vous. Les fêtes de fin d'année étaient arrivées et elle s'était promis de s'occuper de toutes ces tracasseries en janvier. Peut-être avait-elle eu le pressentiment que quelque chose n'allait pas, ou peut-être avait-elle été absorbée par les interminables réunions entre voisins qui, pour quelque raison, s'étaient multipliées au cours des derniers mois de l'année – toujours est-il qu'elle n'était pas retournée voir le docteur, et qu'elle n'y retournerait jamais plus.

Si les résultats des examens étaient arrivés à temps, Ada aurait découvert qu'elle souffrait d'une grave arythmie cardiaque appelée fibrillation atriale paroxystique, un trouble du rythme provoqué par la dégénérescence ou apoptose du myocyte. Sur l'électrocardiogramme, on avait constaté « une absence d'ondes P, remplacées par des ondulations irrégulières de la ligne de base (ondes F), à une fréquence de 600 bpm ». Le rapport médical indiquait également des altérations de la repolarisation causées par une fréquence ventriculaire irrégulière, par la présence d'ondes T ainsi que d'ondes F sur le segment ST. D'après ce qu'Otto avait pu étudier par la suite, alors qu'il était déjà trop tard, le cœur d'Ada fonctionnait de manière chaotique. Pour des raisons héréditaires ou à cause d'une dégénérescence, ses atriums se mirent à battre un jour beaucoup plus rapidement que les autres parties du cœur, à trembler ou à « fibriller », et à transmettre des signaux électriques perturbés aux ventricules. Au lieu de se contracter de manière maîtrisée et uniforme, à partir d'une source unique (le nœud sinusal), comme il arrive dans un cœur normal, les fibres musculaires individuelles agissaient de façon indépendante en différents points des atriums, compromettant ainsi l'efficacité du pompage du sang vers l'extérieur du cœur.

À en croire les analyses des médecins, la fibrillation atriale d'Ada était provoquée par la stagnation d'une certaine quantité de sang dans l'atrium gauche (un coagulum), certes réduite mais dangereuse. Lorsqu'il se déplace, le coagulum devient ce qu'on appelle un embole et peut remonter jusqu'au cerveau, obstruer l'artère basilaire et provoquer un accident vasculaire ischémique. C'est ce qu'on écrivit sur son certificat de décès, en plus succinct.

Le côté triste de cette affaire, c'est qu'il y avait quantité de traitements possibles contre ce type de pathologie, surtout lorsque le diagnostic était établi précocement lors d'examens. Ada aurait pu prendre des médicaments antiarythmiques, des anticoagulants oraux ou des antiagrégants plaquettaires – Nico en aurait été ravi, émerveillé comme un enfant. Elle aurait pu subir une cardioversion électrique, une angioplastie ou un pontage coronarien, quitte à légèrement contrarier les administrateurs de sa mutuelle. Beaucoup de gens ont vu leur situation s'améliorer après avoir subi une ablation par radiofréquence, suivie de la pose d'un stimulateur cardiaque.

Mais Ada n'avait pas reçu les résultats de ses examens et, par conséquent, ne sut pas qu'elle souffrait d'une arythmie pouvant lui être fatale. Elle mourut des suites d'un dysfonctionnement de la poste.

Après l'extermination quelque peu aléatoire des cafards, Mariana et Teresa décidèrent d'une organisation plus rationnelle du génocide, en bouchant les interstices sous l'évier avec de la silicone après y avoir introduit des doses supplémentaires de Blattix – une bombe de plus de vidée. Elles murèrent ainsi toute une nouvelle génération d'orthoptères qui jamais ne se régaleraient de ce que Teresa avait l'habitude de semer en chemin (restes de repas délicieux, nourriture pour chiens). Ananias sembla déçu, arrêta de saliver et s'en alla piquer un somme.

Satisfaite des résultats et espérant en avoir fini avec ce fléau, Mariana prit congé de son amie et rentra chez elle, avec une seule idée en tête : se préparer un bon milk-shake. Son mari ne supportant pas l'odeur du lait, Mariana ne pouvait en faire que lorsqu'il était en déplacement – ce qui arrivait plus souvent qu'elle ne l'aurait souhaité.

Au début, lorsqu'un voyage était imminent, Mariana en pleurait à chaudes larmes. La veille au soir, presque toujours à la dernière minute, ils préparaient ensemble le contenu de la petite valise à roulettes – qu'ils appelaient le « tatou », à cause de son allure trapue – et débattaient de la proportion idéale chaussettes/slips au vu de la durée du séjour. En général, c'est elle qui pliait et rangeait les habits, pendant que son mari restait assis dans un coin de la chambre à s'occuper de la sélection musicale de la soirée. Mariana lui demandait de l'aider, mais lui, le plus sérieusement du monde, expliquait que la qualité de l'assortiment de vêtements dépendait de l'état d'esprit mélodique dans lequel ils se trouvaient à l'heure des choix. Sur le moment, elle levait les yeux au ciel. Mais, ensuite, surtout s'il était parti tôt le matin et qu'elle se retrouvait seule en se réveillant, il lui manquait affreusement.

Comme il était souvent en voyage, Mariana avait fini par s'habituer. Elle ne faisait plus de scandale lorsqu'il s'absentait pour plusieurs semaines et, en réalité, on pouvait même dire que, désormais, elle appréciait ces longues périodes d'indépendance. Mariana et son mari s'appelaient tous les jours, sans avoir grand-chose à se dire. Elle s'efforçait de l'informer des derniers événements : Teresa pense que le nid de cafards se trouve maintenant dans les toilettes, Aníbal croyait que tu étais à la maison et est venu demander des conseils pour un déodorant, Otto a l'air d'aller mieux, où est-ce que tu avais acheté ces mangues ? J'ai commencé à lire un texte incroyable de Radcliffe-Brown. Il écoutait tout ça en émettant périodiquement un « aha », puis, tout à coup, lui disait quelque chose qui n'avait rien à voir. Il ne donnait pas de détails sur son travail, puisque jamais Mariana ne pourrait comprendre, quand elle, en revanche, persistait à vouloir lui apprendre ce que l'anthropologie avait de plus captivant – sans aucun résultat ou presque.

De temps à autre, elle regrettait d'avoir abandonné l'université. Elle avait l'impression d'étouffer dans cette bourgade, privée de son mari et de cinéma. Elle avait pour seule compagnie les milk-shakes, les Esquimaux et les dizaines de textes qu'elle annotait sans objectif précis, avec seulement le mince espoir que son mari finirait peut-être par s'y intéresser cette fois-ci.

Malgré tout, il lui manquait, de sorte que son retour était toujours un moment de joie extrême, propre à faire oublier tout ce qui s'était passé, oublier la douleur, la culpabilité, et l'occasion de lire à voix haute l'histoire des habitants des Marquises, qu'elle avait mise de côté avec toute une pile de livres sur la commode, truffés de marque-pages. (Otto accompagnait leurs retrouvailles avec grand intérêt, en se rappelant sa jeunesse avec Ada. Sa femme avait l'habitude, quant à elle, de sélectionner dans le journal ses strips préférés, mais, en cinquante ans de mariage, ils n'étaient jamais restés séparés très longtemps.)

*Une fois leur mariage arrangé, les parents du jeune homme collectent les présents devant être offerts à ceux de sa promise. Dans une ambiance festive, ils se dirigent vers la maison de cette dernière. En chemin, ils tombent dans une embuscade et se font attaquer par les parents de la fiancée, qui s'emparent des biens par la force. La coutume polynésienne de l'*utu *prévoit que la victime d'une offense peut riposter en en commettant une à son tour. Ainsi, les parents du fiancé exercent ce droit en s'emparant de la jeune femme.*

Après avoir avalé presque tout le milk-shake, Mariana mit le reste au frigo, se déshabilla et alla dormir. Elle songea à téléphoner à son mari, mais il était déjà deux heures et demie du matin et il n'apprécierait sûrement pas. Elle pourrait peut-être appeler son cousin, qui était un couche-tard. Non, il ne valait mieux pas. La jeune femme s'allongea en diagonale dans le lit *king size*, jeta au loin l'oreiller superflu, s'enfonça les bouchons jaunes dans les oreilles et s'endormit presque aussitôt. Elle était contente de ne pas avoir à supporter les ronflements d'autrui, mais, dans la rue du bas, les chihuahuas de Iolanda recommencèrent à aboyer.

Mariana fit des cauchemars et un rêve érotique avec Bronisław Malinowski. Elle mâchonnait ses bottes et courait dans la rue chaussée d'une paire de mules, écrasant ainsi des tas de cafards sans le vouloir. Son mari surgissait, fumasse, et elle lui montrait alors ses ongles noirs de terre.

Otto, de son côté, rangea les résultats des examens dans le tiroir et retourna dans la chambre en traînant des pieds, entendant vaguement Iolanda demander à ses chiens de se taire. Il parvint à dormir pendant une heure et demie, puis il rêva de cafards, de chou-fleur et du jour où il avait amené Ada à l'hôpital pour les examens. De temps à autre, le rouquin venait le tourmenter.

7. ANDREW D. BORING

Andrew Boring, en voilà un à qui l'on pouvait faire confiance. Même s'il regardait ses mains toutes les cinq minutes pour vérifier s'il rêvait ou non, Nico estima pouvoir raisonnablement considérer qu'il était réveillé et désormais responsable pharmacovigilance d'un grand laboratoire. Le fait d'avoir des pattes de poulet à la place des doigts était certainement un effet secondaire de l'un de ces médicaments, qu'Andrew Boring mettait un point d'honneur à tester personnellement – en voilà un à qui l'on pouvait faire confiance.

En plus d'un professionnel talentueux et d'un chimiste respecté, Andrew était un nageur en eaux libres réputé : il avait traversé le détroit de Gibraltar en dix-huit heures et quarante-quatre minutes, un record dans sa catégorie. Tandis que les autres compétiteurs mettaient entre trois et quatre heures, il lui fallait cinq fois plus de temps – ce qui, en soit, était un exploit. Il bataillait auprès du Comité olympique international pour que soit ajoutée au relais 4 x 100 m quatre nages une cinquième modalité, la nage « petit chien », dont il avait fait sa spécialité et avec laquelle, selon lui, il était possible de dépenser encore plus d'énergie que dans la course à pied avec agitation aléatoire des deux bras.

Nico rêva qu'il s'appelait Andrew Boring et qu'il rédigeait des notices de médicaments sur le comptoir de la pharmacie, le bonnet de bain sur la tête, dégoulinant sur les antigrippaux, en se vantant d'écrire sur les effets secondaires dont il avait lui-même été atteint. Après avoir pris du clonazépam, par exemple, il fut ravi de pouvoir ajouter à sa liste « coma, perte de repères, lamentations et nystagmus ». Parmi ses grandes conquêtes, l'« aggravation de l'état général » et le « pemphigus », qu'il tenait à différencier du banal et inintéressant « prurit ». Ce dernier était l'un des effets secondaires du maléate d'énalapril, dont la notice était intégralement imprimée en majuscules.

Soudain, Nico regarda ses mains et vit qu'elles étaient grandes et belles, avec cinq doigts chacune. Il était donc réveillé. Il rêva qu'il passait une nouvelle commande de chlorhydrate de mémantine, un traitement contre Alzheimer qui stabilisait les symptômes et retardait l'évolution de la maladie. La demande lui en avait été faite par Mayu pour son père, M. Taniguchi. Il était de notoriété publique que la mémantine provoquait hallucinations, désorientation, étourdissements, maux de tête et fatigue, sans compter l'hypertonie, c'est-à-dire un accroissement du tonus musculaire.

Quand il alla en faire la livraison, Andrew Boring salua l'ex-sergent, qui prit le paquet en le remerciant. Ça avait l'air d'aller. Le pharmacien échangea quelques mots avec lui et Mayu sur une nouveauté du laboratoire : le Tridémol contre la toux, un médicament miraculeux, saveur tutti frutti.

« C'est tellement performant qu'il a été retiré de la vente, mais on a réussi à mettre quelques boîtes de côté », fit savoir Nico au sujet de ces gélules solubles révolutionnaires, administrables par voie orale, contenant du bromhydrate de dextrométhorphane. « C'est le meilleur traitement contre la toux que j'aie jamais vu. Vous avalez ça et, mon vieux… effet immédiat ! »

Mayu avança que si on l'avait retiré de la vente ce n'était sûrement pas à cause d'une efficacité excessive, mais plutôt parce qu'il devait être toxique, voire létal. Nico ne voulut pas en démordre : pour lui, ce médicament frisait la perfection, avec pour seul effet secondaire une certaine excitabilité. « Il ne peut pas être pris en même temps que des inhibiteurs sélectifs de la recapture de la sérotonine, car il peut en amplifier les effets, ni par des gens qui font une intolérance au fructose, ce qui, il faut bien le dire, est extrêmement rare. »

Il aurait pu continuer à parler du Tridémol et du Premunex, mais il fut interrompu par M. Taniguchi qui lui confia être en proie à un « doute cruel ». Andrew s'approcha du Japonais et lui demanda en quoi il pouvait lui être utile. Le plus tranquillement du monde, l'ex-sergent murmura que, très sincèrement, il était incapable de dire si sa mère était encore vivante ou non. « On me dit tout et son contraire. L'autre jour, je l'ai vue me faire signe depuis le couloir », dit-il, et c'est alors que Nico se réveilla.

« Ta mère est morte il y a plus de soixante ans », lança sèchement Mayu, en fixant longuement le visiteur.

Nico jeta un coup d'œil sur ses mains : par malchance, elles avaient bien tous leurs doigts.

Ironie du sort, au moment même où sévissait le fléau à l'origine du rapprochement entre Teresa et sa voisine anthropologue, celle-ci reçut un appel à l'aide : un de ses collègues cherchait quelqu'un pour mettre au propre sa thèse de doctorat. Une personne fiable, capable de saisir les originaux assez rapidement, même à la machine à écrire. Malgré une rémunération dérisoire comparée au prix à la page que la payait le cabinet d'avocats, Teresa accepta. En premier lieu, parce que leur collaboration avait été suspendue suite à l'épisode des documents déchiquetés par Tuco (d'interminables formulaires en allemand transformés en confettis). Mais ce n'était pas là sa motivation principale.

Quand elle reçut cette proposition, Teresa pensa que ce serait un moyen supplémentaire de se réconcilier avec sa voisine, ne serait-ce que parce qu'il était encore question de cafards. Pas seulement de cafards, mais il y avait bien un rapport. Spécialiste en ethno-entomologie, une discipline au croisement de l'ethnographie et de la biologie, l'ami de Mariana menait des recherches sur l'utilisation de certains insectes par des populations du centre du pays pour leurs propriétés médicinales. Le travail était long, bien documenté, il ne manquait plus qu'une dactylo disposée à déchiffrer l'écriture du chercheur et, tout au plus, une stagiaire pour mettre de l'ordre dans sa masse de papiers et faire une révision rapide des notes de bas de page et des annexes – de méticuleuses transcriptions d'entretiens qu'il avait réalisés.

Malgré tout, juste pour se divertir, Teresa et Mariana résolurent de constituer une ambitieuse équipe de travail, qui fut sur la brèche au cours des semaines suivantes. Les originaux passaient d'abord entre les mains de la dactylo, qui les tapait à la machine pendant la nuit sur la table de la salle à manger, éloignant de temps à autre le chien Mendonça qui venait ronger ses mules ou se cogner contre la porte, somnolent, en cherchant à rejoindre la cuisine. Teresa était fière d'arriver en même temps à taper à la machine et à distraire ses chiens du bout du pied, à leur expédier des jouets en plastique. Jamais elle ne se déconcentrait (pas plus qu'elle ne négligeait Tuco, qui d'ailleurs semblait regretter son attitude dans l'affaire des formulaires allemands : c'est qu'ils lui étaient restés sur l'estomac). Elle était passionnée par le sujet, relisait certains passages à voix haute à Mendonça, s'amusait comme une folle et prit même du retard pour de nouvelles commandes passées par Saggio, Saggio & Saggio Avocats associés, qui avaient finalement renoué avec leur meilleure dactylo dès que les autres avaient livré des travaux bourrés d'erreurs, des centaines de formulaires numérotés bons à jeter au panier.

Le texte était ensuite directement transmis à Mariana. Elle se préparait un milk-shake à la fraise, s'allongeait sur le canapé et passait son après-midi à lire, stylo à la main, annotant les feuillets dans la marge. En vert, elle signalait les fautes de frappe, les problèmes de grammaire et les modifications à apporter immédiatement. Les remarques de ce type étaient communiquées à Teresa, qui corrigeait du jour pour le lendemain. Les annotations en rouge étaient à l'intention de l'auteur : commentaires méthodologiques, suggestions bibliographiques ou remarques d'ordre conceptuel. Il y avait bien longtemps que Mariana ne s'était pas investie de la sorte dans un projet. Et Teresa tapait avec un tel bonheur qu'elle en arriva à perdre du poids.

Pendant le travail, elles échangèrent des impressions enthousiastes sur les coutumes vernaculaires et les recherches de terrain. Elles apprirent, entre autres, que certains peuples utilisaient de la poudre de cafards grillés pour préparer des remèdes contre l'asthme et la bronchite asthmatique, les douleurs aux oreilles, l'ébriété, l'épilepsie, les plaies et les furoncles ; en petits bouts, le cafard commun était utilisé comme traitement contre les coliques menstruelles. « Le scarabée, quant à lui, aide à traiter les maux de tête : il est recommandé d'en respirer l'odeur, vivant. »

Quand il eut vent de cette histoire, Nico insista pour intégrer l'équipe. Il rata de nombreux cours de natation juste pour se rendre dans la capitale, où vivait le gérant de la pharmacie. Son chef descendait d'une longue lignée de pharmaciens et avait hérité d'une bibliothèque remplie de classiques de la profession, des volumes jaunis et pittoresques qui ne servaient plus à rien. L'assistant était autorisé à les consulter à sa guise. Mariana fit la même chose avec ses livres d'anthropologie de l'époque de la fac, si bien qu'ils collectèrent quantité d'éléments susceptibles d'enrichir la thèse.

D'après ce qu'ils découvrirent, les vertus médicinales des cafards étaient connues depuis fort longtemps. Il y a plus de deux mille ans, Pline l'Ancien disait que la graisse d'une certaine *Blatta*, mélangée à de l'huile de rose, était excellente pour traiter les douleurs aux oreilles (ici, il faudrait une note pour contextualiser, écrivit Mariana, en se proposant de la rédiger). Au XVIIIe siècle, un apothicaire consigna dans son cahier que le cafard « torréfié » et réduit en poudre, administré avec n'importe quelle liqueur, était « fort recommandé en tous cas de colique ». Cuit dans de l'eau, il produirait également effet sur les asthmatiques. Autres observations en rouge :

– Dans la médecine traditionnelle amazonienne, la poudre d'insecte dissoute dans du vin, de l'eau ou de l'eau-de-vie est utilisée contre la rétention d'urine, les coliques néphrétiques et les crises d'asthme.

– En Indonésie, on mange des cafards grillés pour soigner l'asthme.

– Le peuple Yolnu, qui vit dans le nord de l'Australie, soigne de menues coupures en appliquant sur la blessure un onguent à base de cafards écrasés.

– Les guérisseurs zambiens ont recours à six espèces différentes pour le traitement des furoncles et autres problèmes cutanés.

– Autrefois, des pilules confectionnées à partir de cet ingrédient croustillant étaient prescrites en cas de coqueluche et de maladie de Bright.

Il y eut même un moment d'extase collective lorsque Nico découvrit un spécimen de cafard albinos répertorié dans le catalogue de 1917 d'un célèbre laboratoire pharmaceutique, Plaxxon-Pluck, recommandé pour traiter « la coqueluche, les ulcères, les verrues, l'hydropisie et les furoncles, entre autres affections ».

Tout cela fut noté séparément et envoyé au chercheur en même temps que les premières épreuves de sa monographie. Lorsqu'il se rendit compte du volume des ajouts suggérés, il poussa un long soupir et les pria de bien vouloir réfréner leurs élans exploratoires, mais il n'y avait plus moyen d'arrêter le trio.

Iolanda voulut à son tour entrer dans la danse, prétendant qu'elle avait beaucoup à apporter avec sa connaissance des fleurs de Bach. Elle se pointa un jour chez Teresa avec un livre abondamment illustré, texte en corps treize et double interligne, qu'elle ouvrit tout à trac pour lire ceci :

Selon la Loi de la Transmigration des Âmes, défendue par Krishna comme par Pythagore, les phénomènes naturels obéissent à la Loi de l'Évolution et de l'Involution, mais il en va de même de l'âme des êtres. En fonction de la conduite adoptée, des efforts de perfectionnement ou des habitudes, on assistera soit à une évolution, soit à une involution spirituelle de l'âme.

Teresa demanda à sa voisine de lui prêter son livre, d'abord par politesse, ensuite par malice : elle savait que ça amuserait Mariana. Manque de chance, Nico fut le premier à apercevoir le volume traînant sur la table, au milieu des feuillets dactylographiés. Furax, il ne put se contenir et fila illico enguirlander Iolanda. Celle-ci estima que son travail n'était pas apprécié à sa juste valeur et se retira du projet, surtout après que le pharmacien eut balancé le livre dans le jardin d'Otto, en disant qu'il n'y avait rien à en tirer, même après décomposition. « Tu n'avais pas besoin d'être si grossier », commenta Mariana, en faisant observer qu'anthropologiquement cette attitude n'était pas très cool. Otto tira les rideaux et attendit que le balayeur veuille bien un jour ramasser cette cochonnerie. Teresa pensa même envoyer les annotations de Iolanda au collègue de Mariana, juste pour voir s'il était attentif. « Imagine comme ce serait drôle de glisser dans la bibliographie : *Magie élémentale et psychologie gnostique – Tome I : Le postsoufisme*. Succès garanti auprès du jury. »

L'auteur du livre prétendait que les cafards possédaient une caractéristique particulière : ils n'étaient rien d'autre que la matérialisation de « larves astrales ».

Autrement dit, ils ne sont ni élémentaux, ni en évolution, ni en involution, ils ne sont que l'incarnation de larves. Ces parasites nocturnes se réunissent dans des environnements à énergies denses et déséquilibrées, des endroits obscurs, sales ou qui ne « fonctionnent » que la nuit. D'un point de vue jungien, ils peuvent symboliser notre ombre. Ils s'alimentent des énergies humaines à partir de leurs membres inférieurs, provoquant ainsi perte de vigueur et fatigue. Il est recommandé non seulement de les tuer, mais si possible de les brûler, car les larves, même hors du corps des cafards, perdurent dans l'environnement astral. (Pour en savoir plus sur les larves énergétiques, consulter le chapitre 5.)

Voilà ce que hurla Iolanda en annonçant sa démission précoce du projet : que le livre pointait d'importantes corrélations entre l'apparition des cafards et l'incident de l'année passée, que ce n'était certainement pas une coïncidence et qu'il fallait se méfier d'une subite invasion d'élémentaux stationnaires et de larves énergétiques venus directement du monde des ombres. « Mauvais karma ! Très mauvais karma ! » répéta-t-elle en claquant la porte.

Il y avait eu un problème avec la poste en septembre de l'année précédente et, si cela n'avait que peu de rapport, voire aucun, avec l'infestation de cafards, en revanche le lien semblait évident avec la disparition du facteur intérimaire. Aidan était un tout jeune homme, efflanqué, au visage couvert de taches de rousseur, qui nourrissait sa famille avec le salaire qu'il recevait des Postes et Télégraphes. Il était du genre silencieux et timide, et ne liait guère conversation avec les gens du quartier.

Ada appréciait le facteur intérimaire et n'arrêtait pas d'insister pour qu'il entre prendre un café quand il passait, trente jours par an, pendant les vacances du titulaire. Il refusait poliment et, un jour, alla jusqu'à demander à ses supérieurs si accepter un café et du gâteau suffisait à caractériser une prévarication ou une subornation dans le cadre de ses fonctions. Aníbal, que le jeunot informa de ses doutes, en tomba à la renverse et ne s'arrêta de rire que lorsqu'il comprit que son collègue était sérieux : il en faisait un cas de conscience. C'est que le jeune facteur avait travaillé dur pour passer le concours et n'avait pas envie de perdre son emploi pour un bête faux pas. La réponse était : non, accepter une portion de chou-fleur à la milanaise ne suffisait pas à motiver un licenciement pour cause réelle et sérieuse.

Aidan était tellement efficace qu'il mettait moitié moins de temps qu'Aníbal pour effectuer son travail. Il ne prenait même pas de pause déjeuner. Quand il avait fini sa tournée, toujours accomplie de manière impeccable et chronologiquement austère, Aidan rentrait au bureau de poste et passait le reste de son temps à aider ses collègues à trier le courrier. Ou réfléchissait à de possibles améliorations méthodologiques, corrigeait des erreurs de parcours, traçait un nouvel itinéraire optimisé – cela n'avait aucun sens d'arpenter deux fois le même tronçon de rue, il fallait chercher à raccourcir le trajet entre les maisons aux numéros pairs, avant de passer du côté des numéros impairs. Le bon moment pour traverser la rue, voilà ce que cherchait Aidan, la « traversée juste ». Il notait ses résultats sur un porte-bloc en plastique couvert d'autocollants avec des citations de la Bible. À la fin de sa journée de travail, il rajustait ses lunettes carrées, saluait chacun de ses collègues d'une même formule pleine de retenue, et rentrait chez lui.

Un peu comme Otto, Aidan n'aimait guère tomber sur Aníbal, qui du reste était toujours en vacances lorsqu'il le remplaçait. Mais il leur arrivait parfois de se rencontrer au bureau de poste et le garçon avait tout juste le temps de se soustraire à son accolade. Aníbal, écarlate et enjoué, questionnait le petit jeune sur sa vie personnelle. En retour, celui-ci l'informait des principaux changements intervenus dans leur zone de travail, qui avait déménagé, qui avait pris un nouvel abonnement à une revue et autres choses de ce genre dont Aníbal se souciait comme de son premier col marin. C'était sur la vie d'Aidan et les potins du quartier qu'il voulait en savoir plus. L'intérimaire finit par renoncer à consulter Aníbal sur sa méthodologie lorsqu'il comprit qu'elle n'avait rien de scientifique : il distribuait les lettres au petit bonheur la chance, progressait dans la rue en multipliant les zigzags hautement dissipatifs ; si l'envie lui prenait de passer chez Iolanda pour lui demander quelque chose, il ne s'en privait pas, même s'il se trouvait à trois ou quatre rues de distance – il n'en profitait jamais pour distribuer le courrier en chemin, ça ne lui serait même pas venu à l'esprit. Aníbal accordait plus d'importance au choix des chansons qu'il utiliserait sur tel tronçon de son parcours, comme celle-ci, qu'il avait en vain essayé d'apprendre à son remplaçant :

Ce qui gâche tout chez elle c'est sa jambe tordue
L'autre, elle l'a perdue après une congestion
Elle a un bras tout sec, ça lui fait du tort
Aussi un œil mort et plus qu'un moignon

Placide et réservé, Aidan habitait dans une ville éloignée (par-delà les montagnes) avec ses jeunes frère et sœur, dont il aidait à financer la scolarité. Il n'avait pas connu son père. Sa mère, une Irlandaise colérique et rondelette, était morte quelques années plus tôt à l'occasion d'une rixe dans un bar. Un ivrogne avait provoqué une dispute et, dans le feu de l'action, elle avait pris parti pour un camp, insulté l'autre à tort et à travers, et avait fini par recevoir un coup de bouteille en pleine gorge – une bouteille de whisky bien lourde, qui l'avait atteinte à une jugulaire –, et elle était morte pendant son transfert à l'hôpital.

Aidan, encore adolescent, dut assumer le rôle de chef de famille. Il quitta l'école et passa le concours de la poste une, deux, trois fois. Quand il parvint enfin à l'avoir, on lui confia une fonction itinérante sous le statut d'« intérimaire titulaire » : d'un mois sur l'autre, il était affecté dans une zone différente pendant les congés d'un collègue. Ça lui convenait parfaitement, dispensé qu'il était de nouer des liens avec quiconque. Au bureau de poste non plus, il n'avait pas d'amis. Il arrivait et repartait sans qu'on s'en aperçoive, et on l'expédiait souvent dans des endroits fort éloignés. Il ne manquait à personne et on ne se souciait pas de son sort – on supposait juste qu'Aidan remplaçait un collègue parti en vacances, quelque part au-delà des montagnes.

Mais, fin septembre, son absence avait été remarquée. Les habitants du quartier convoquèrent une réunion extraordinaire, à laquelle évidemment Otto s'abstint de prendre part, et il fut décidé que, afin de ne pas faire de tort à Aidan, aucune réclamation formelle ne serait transmise à la poste. D'après les informations d'Ada, on opta pour demander seulement les duplicata des factures et le renvoi des documents indispensables. Otto ne sut pas ce qui était arrivé au facteur au cours de ces deux semaines et, du reste, ne chercha pas à le savoir, bien qu'il fût un grand admirateur de ses tournées cartésiennes.

Quand M. Taniguchi était encore lucide, Otto aimait se poster à la fenêtre avec son voisin pour apprécier l'extrême cohérence de l'itinéraire du remplaçant. « Si jeune et déjà si talentueux », commentait le Japonais, dans un rare accès d'admiration. « C'est quasiment de l'art », disaient-ils à Ada. Ni l'un ni l'autre n'osaient s'adresser au facteur pour le féliciter, de sorte qu'il ne sut jamais qu'il avait deux fervents supporteurs dans ce quartier, précisément l'un de ceux où il était le plus difficile de travailler – à cause du harcèlement de ses habitants, mais aussi parce que les rues y étaient raides et sinueuses, ce qui nécessitait leur étude préalable par le postier. Dans ce type de configuration, il pouvait valoir la peine de changer de trottoir et même de rue plusieurs fois par lotissement, en fonction de l'évolution du tracé des montées entre le premier et le dernier numéro. Aidan savait qu'un trajet rectiligne n'était pas toujours le plus indiqué, surtout dans des quartiers chaotiques comme celui-ci, à la géographie hésitante, avec des escaliers reliant des venelles à des impasses avant de revenir à des rues plus larges. Autre donnée qu'il aurait aimé prendre en considération : le volume moyen de courrier prévu pour chaque maison, qui variait selon les années, les mois et les habitants. Comme Aníbal n'avait jamais su lui fournir ce genre d'informations, il ne restait plus à Aidan qu'à estimer grosso modo quels foyers recevaient la plus grande quantité de catalogues, lettres et factures, l'idée étant de se délester de la plus grande partie possible de son fardeau en début de parcours, afin d'être plus libre de ses mouvements au moment d'aborder les endroits les plus reculés.

En septembre, cependant, il y avait eu un problème. Jusque-là exact et fiable, Aidan avait disparu – et avec lui une importante quantité de lettres.

Après ce trou noir de deux semaines, Aníbal revint de ses congés annuels et la remise du courrier se normalisa – pour autant qu'on puisse employer ce terme avec le facteur titulaire. Depuis son retour, néanmoins, il chantait plus doucement, avait l'air soucieux, pas vraiment dans son assiette. Même *Samba Lê Lê* semblait ne rien pouvoir y faire.

Samba Lê Lê est bien mal en point
Il a la caboche tout de traviole
Samba Lê Lê, ce qu'il mériterait
C'est une sacrée bonne torgnole

Ce qui lui avait toujours paru injuste : alors que le pauvre type est déjà au plus mal, sa tête en piteux état, ils menacent en prime de lui flanquer une raclée ? « Mais pour qui vous prenez-vous ? Pharisiens, hypocrites ! » s'emportait-il devant les habitants du quartier.

En fait, plus le facteur chantait fort, plus il avait besoin de chanter.

Il ne fallut que quelques semaines à Mariana et Teresa pour achever la mise au propre de la monographie. Otto avait de sacrées valises sous les yeux et fut heureux d'entendre Mariana annoncer à son mari qu'elles en étaient au dernier chapitre avec conclusions personnelles de l'auteur et recommandations pour de futurs approfondissements. Fini les fébriles séances de dactylographie chez Teresa des nuits d'affilée, fini les réunions de groupe pour faire le point sur les dernières avancées. Mariana eut de nouveau le sentiment d'un grand vide intérieur et redoubla d'application pour ses milk-shakes. Nico recommença à rêver qu'il était Andrew Boring et cessa de fréquenter la bibliothèque de son chef pour se reconcentrer sur la natation et les effets secondaires des médicaments.

Il reprit ses tests de réalité pour les rêves lucides, en regardant ses mains encore et encore, et en essayant de respirer le nez bouché.

Parmi les produits les plus inoffensifs que Nico proposait à la pharmacie, il y avait une pommade contre l'eczéma, la Dermatit, qu'il conseillait tous azimuts. Même s'il fallait deux semaines pour qu'elle fasse effet dans les situations les plus simples (sans compter qu'elle était parfois carrément inutile), c'était un composé que les médecins prescrivaient à tout-va, surtout quand ils ne cernaient pas précisément la nature de la rougeur en cause.

Il sortit la notice de la boîte et, d'un geste précis, la déplia de la main gauche, dans l'indifférence générale – alors qu'il pensait épater tout le monde : la feuille était pliée en cinq, ce n'était tout de même pas rien d'arriver ainsi à l'ouvrir d'un seul coup. Discrètement, il avait jeté un œil sur l'assistance pour voir si quelqu'un avait l'air impressionné. Au premier rang, Teresa se mouchait.

Une partie du voisinage s'était rassemblée dans la salle paroissiale pour discuter du sort à réserver à la rousse Eilinora, la repasseuse la plus catastrophique de l'Histoire. On était en mai, peu avant les kermesses de milieu d'année. Pas tout à fait remises de leur marathon académique, Mariana et Teresa avaient légèrement tiré leurs chaises en arrière pour s'adosser contre le mur. Les autres étaient installés plus ou moins en demi-cercle : Iolanda, son neveu (qui répondait à des textos sur son portable), Mayu et le facteur. Somnolant, les pattes recroquevillées, Tuco était attaché au pied d'une table par sa laisse, car Teresa avait peur qu'il reste seul chez elle, avec la porte pas très solide de la pièce du fond et sa pile de formulaires multilingues. Nico, tel un professeur, s'était assis sur une table et faisait son numéro avec les notices de médicaments.

« Regardez-moi ça. Celle-ci n'est pas signée Andrew Boring, inutile de vous le dire. Contient : sulfate de néomycine 5 mg/g, bacitracine de zinc 250 UI/g. Encore une fois, l'un des produits les plus inoffensifs que j'aie sur mes étagères. Je continue ? »

L'auditoire restant de marbre, il reprit : « Ce médicament ne doit pas être utilisé par des patients allergiques aux composants de la formule. Il est contre-indiqué en cas d'insuffisance rénale et lorsque le patient a ou a déjà eu des problèmes d'audition ou d'équilibre. »

Il s'assit plus à son aise sur la table. « Quel rapport ? Quel rapport entre l'audition et une dermatite ? Entre l'eczéma et l'équilibre ? Dites-moi un peu, les amis, quel rapport peut-il bien y avoir ? »

Assis à côté de Mayu – qui avait confié la garde de son père à une amie –, Otto essayait de capter le regard de l'un de ses voisins, en vain. Ça se passait donc comme ça, les réunions de quartier ?

« Et là, quand vous pensez qu'il est impossible de faire pire, vous tombez sur la suite : "S'agissant d'un traitement relativement récent, il est recommandé d'être attentif à de possibles effets encore inconnus." »

Nico laissa retomber ses bras le long du corps en soupirant.

« Quel amateurisme ! C'est quand même fascinant, vous trouvez pas ? »

Le problème, c'est que personne dans l'assistance n'avait pensé qu'Otto serait là. Il y avait plus de dix ans qu'il n'était pas venu à une réunion de quartier, si cela lui était jamais arrivé – il disait que oui –, et l'ordre du jour s'était subitement trouvé bouleversé du fait de sa présence. Personne ne savait au juste quelle attitude adopter à l'égard du vieux, qui avait été l'un des premiers à arriver et s'était installé dans le fond. C'est pour cette raison, maintenant que la salle était pleine, que Nico occupait le devant de la scène et faisait son show.

S'agissant d'un médicament récent et bien que les recherches aient indiqué un niveau d'efficacité et de sécurité acceptables en vue de sa commercialisation, des effets indésirables non identifiés peuvent survenir. Le mécanisme d'action de ce médicament n'est pas connu, mais ses effets semblent être liés à une potentialisation de l'activité [...].

Le préparateur en pharmacie semblait avoir les poches bourrées de notices de médicaments et de papiers griffonnés, et tout portait à croire qu'il s'amusait bien. « Le mécanisme d'action de cette substance pharmaceutique, figurez-vous, n'est pas connu, mais il se pourrait que ses effets aient un rapport avec les synapses ! Ou avec la moelle osseuse ! Ou les champs magnétiques ! énonçait-il, stupéfait. Bref, personne sait vraiment comment ça marche. D'ailleurs, vous saviez que le premier antidépresseur était à l'origine un traitement contre la tuberculose ? On a fait des tests et découvert qu'en vérité le médicament n'avait aucune utilité contre le bacille de Koch. Aucune. Mais, chose étrange : voilà qu'on avait maintenant un groupe de tuberculeux heureux et un autre non. Et paf ! Le premier antidépresseur. »

Dans l'assistance, Tuco, qu'une mouche agaçait, se gratta le museau. Mayu était perdue dans ses pensées, les yeux rivés sur le carrelage ébréché. Le neveu de Iolanda sortit pour répondre à un appel et n'allait probablement pas revenir. Teresa avait tout juste commencé à détacher le chien du pied de la table pour l'emmener boire, ou quelque chose de ce genre, lorsque du fond de la salle Otto toussota et demanda la parole.

« Il est déjà sept heures et quart. Vous ne voulez pas commencer la réunion ? » demanda-t-il.

Depuis la table, celui qui concentrait toutes les attentions balaya l'assistance du regard, bégaya. Observa ses mains, aussitôt imité par le facteur : ils étaient tous deux éveillés. Hormis ce malaise général, aucune réaction dans la salle. Nerveux, le facteur chantonnait tout bas :

Elle est belle et folle
Elle est mon amour
Elle est belle et folle
Elle est mon amour
Elle est belle…

Mariana lança un regard suppliant à Teresa, qui renonça à détacher Tuco et s'avança devant l'auditoire en traînant ses pantoufles. Nico descendit de la table et prit une chaise.

« C'est vrai, commençons. L'ordre du jour est très simple. »

Teresa inspira profondément. Le neveu de Iolanda se faufila par la porte et regagna sa place.

« La kermesse approche et on aurait besoin

d'une nouvelle bâche. Celle de l'an dernier est foutue. Je veux bien me renseigner sur les prix. Est-ce que tout le monde est d'accord pour l'achat d'une bâche neuve ? »

Chacun leva la main.

« Un, deux, trois, quatre… Bon, on a la majorité. Parfait. Eh bien, voilà, c'est décidé. Aníbal passera la semaine prochaine pour collecter l'argent. Les amis, merci à tous, il y a du café sur la table et des petites douceurs pour ceux que ça tente. »

Les voisins se levèrent les uns après les autres. Certains piquèrent droit vers la table du café, d'autres échangèrent à voix basse près de la porte. Otto resta assis, légèrement apathique.

Durant l'après-midi, il avait entendu le facteur pousser de grands cris dans la rue pour convoquer une réunion, comme chaque fois :

« Réunion aujourd'hui à dix-neuf heures ! Le courrier maintenant, la réunion à dix-neuf heures. Le courrier ! Le courrier ! Joyeux Noël et heureuse réunion ! »

Comme Otto était aux toilettes, où il jouissait d'une parfaite réception acoustique de tout ce qui se passait chez Iolanda, il entendit sa voisine interroger son neveu en hurlant, puis son neveu demander au facteur si la réunion avait pour objectif d'évoquer la repasseuse.

« C'est bien ça ! C'est pour la repasseuse !

confirma le neveu en retour.

— Quoi ? répondit Iolanda, en se séchant les cheveux.

— Pour la repasseuse ! Il a dit que c'était pour prendre une décision au sujet de la repasseuse !

— Ah ! Pas trop tôt !

— Quoi ?

— Pas trop tôt ! »

Le vieux se demandait bien en quoi il était nécessaire de prendre une décision collective à ce sujet – s'ils n'étaient pas contents de la repasseuse, ils n'avaient qu'à s'en séparer –, c'est pourquoi il résolut de rompre avec ses habitudes et de se présenter à la rencontre. Mais Nico s'était mis à extravaguer sur ses notices favorites et Teresa avait lancé un débat absurde sur l'achat d'une nouvelle bâche pour la kermesse, à l'évidence une idée de dernière minute. Ça sentait l'entourloupe à plein nez. Ils ne voulaient pas parler de la rousse Eilinora, ils ne voulaient pas parler du rouquin à la capuche.

Au moment de sortir, Otto s'efforça de tendre l'oreille, dans l'espoir d'obtenir un ou deux indices au détour d'une conversation. Aníbal essayait tant bien que mal de porter tout à la fois un gros paquet cubique, un imperméable et un parapluie géant. Mayu lui proposa son aide et sortit en prenant le parapluie, presque plus grand qu'elle.

« Pour bien faire, il faudrait carrément lui attacher une bandoulière, expliqua le facteur. Mais si je le portais comme ça, en travers du dos, on me prendrait pour un ninja. »

Nico fit son pire cauchemar par un jour de septembre, aux environs de deux heures de l'après-midi, et pas moyen de le contrôler. Ce fut un de ces rêves provoqués par une grave indigestion de tarte aux pommes, un ingrédient avarié dans le dessert qui finit par ruiner une sieste parfaite, tout le contraire de ces divagations oniriques avec plages paradisiaques et amours extatiques. Appuyé sur le comptoir à somnoler, il aurait pu rêver, par exemple, qu'il mordait à belles dents le cou de Teresa, qui n'aurait rien vu là d'étrange et aurait même senti comme des chatouilles. Pas du tout : il rêva que Mayu entrait dans la pharmacie, les mains couvertes de sang, débitant des propos délirants et appelant au secours.

Il essaya bien de comprendre ce qui se passait, mais Mayu semblait en état de choc et montrait, hébétée, trois ou quatre bouts de plastique qu'elle tentait en vain d'assembler, comme les pièces d'un puzzle. Convaincu que quelque chose de grave était arrivé à M. Taniguchi, il ferma aussitôt la pharmacie, accrocha une pancarte « pause déjeuner » et suivit Mayu, presque en courant. En chemin, il tomba sur Teresa profitant de cet après-midi de printemps en compagnie de Tuco,

Ananias et Mendonça. Tout ce sang, cette effervescence : les cabots devinrent fous et tentèrent à toute force, mais en vain, de se libérer de leur laisse. Effrayée par cette scène, Teresa ne posa pas de questions, attacha les chiens au portail de Mariana et entra chez M. Taniguchi à la suite de Nico et de Mayu. Ils furent fidèlement rejoints par une Iolanda tout agitée, qui se trouvait par hasard en train de regarder passer les badauds et voulait connaître les raisons de pareil affolement.

Sur le pas de la porte, Nico tenta de se rappeler comment il était parvenu jusque-là : la scène de l'arrivée précipitée de Mayu dans la pharmacie les mains ensanglantées lui apparaissait nettement. Il se souvint du cours de natation à l'heure du déjeuner – pendant l'exercice en dos crawlé, il avait percuté le gros et avait encore mal à la tête. Il se souvint d'avoir ouvert les yeux avant que le réveil ait sonné et d'avoir pris son café en lisant un catalogue médical arrivé la veille. Test de réalité : l'interrupteur du salon de M. Taniguchi fonctionnait. Et il se rappela comment il était arrivé sur les lieux.

La pièce était inondée de soleil et M. Taniguchi somnolait paisiblement dans son fauteuil, la couverture tombée à terre. Sur le canapé, deux télécommandes en partie cachées au milieu de coussins colorés. À la télé, un documentaire sur la bataille du Pacifique – le cinquième épisode d'une série de huit, que M. Taniguchi suivait depuis plusieurs jours tantôt le regard vide, tantôt vaguement intéressé. De temps en temps, il marmonnait quelque chose en japonais, peut-être en réponse au commentateur du film.

Certains détails détonnaient : un placard ouvert et vide, une passoire en plastique abandonnée sur le tapis et des napperons au crochet par terre, souillés de sang. Près du meuble télé, une paire de tennis montantes avec, dedans, leurs pied et cheville respectifs. Gisant sur la moquette, le corps du facteur intérimaire, la tête tournée vers le couloir, un bras sur la poitrine, l'autre étendu sur le côté. Il était mort.

Ils restèrent tous trois sur le pas de la porte, pétrifiés. Mayu s'assit sur le bord du canapé et murmura : « Entrez, je vous en prie », comme si elle avait dressé la table pour le thé. Ils esquissèrent un timide mouvement pour avancer, aussitôt figé par la force d'inertie. Nico regarda ses mains. Ses doigts étaient longs, symétriques, légèrement poilus. Il les compta un à un, il en avait cinq à chaque main. Même ses ongles ne présentaient aucune irrégularité particulière. À cet instant, il désira très fort être Andrew Boring et se réveiller en sursaut au comptoir de la pharmacie.

« Le facteur intérimaire… Toujours pressé. Il ne voulait jamais entrer boire un jus de fruits… Je suis allée jusqu'à la cuisine et… Le presse-agrumes était débranché. »

Mayu tremblait de la tête aux pieds. Teresa songea à s'asseoir sur le canapé pour la consoler, mais elle n'arrivait pas à quitter des yeux le corps efflanqué d'Aidan, qui s'était effondré dans une position très discrète. Même mort, il était toujours aussi réservé. Il s'était écroulé dans un coin, près du couloir, pour ne pas déranger.

D'après ce qu'elle raconta par la suite, le facteur était venu apporter un courrier de la banque et avait besoin d'une signature de Mayu. Aidan avait frappé dans ses mains poliment (la sonnette ne marchait plus), sans trop insister, jusqu'au moment où la jeune femme était venue lui ouvrir, un peu abattue. Son père était dans un mauvais jour. La semaine d'avant, il s'était mis à l'appeler Yoko, comme une de ses sœurs qui avait péri à Nagasaki. Ce jour-là, pour la première fois, il s'adressa à sa fille en lui donnant du « mademoiselle », la prenant pour une bonne ou une cuisinière.

« Je veux voir ma fille, répétait-il. Maudite Philippine ! Qu'as-tu fait de ma fille ? »

C'était le matin, il n'avait pas encore quitté son lit. Mayu renonça à lui expliquer et choisit de rester silencieuse. Au moment d'aller aux toilettes, le vieillard refusa de suivre cette mystificatrice et fit sur lui, dans son lit.

Mayu téléphona à Ada pour lui demander de

retarder sa visite du matin. Elle ne donna guère de détails, mais Ada eut le pressentiment que la situation était grave et lui proposa de venir l'aider. Éreintée, nerveuse, Mayu répondit que ce n'était pas la peine et qu'elle rappellerait plus tard.

Jusqu'à l'heure du déjeuner, Mayu fut occupée à essayer de convaincre son père d'aller prendre un bain (quarante-cinq minutes de pourparlers), à laver les draps souillés et à brosser le matelas avec un désinfectant. M. Taniguchi se lavait encore tout seul, mais Mayu laissait la porte entrouverte et restait toujours vigilante. Elle traîna le matelas dans le jardin pour le faire sécher au soleil et songea que ce serait bien que son père sorte un peu lui aussi, qu'il aille faire une promenade pour s'aérer l'esprit. Elle pensait également à elle. Et comme il serait bon qu'ils puissent s'asseoir tous les deux dans le jardin, prendre le soleil en bavardant.

Mais rien n'allait revenir à la normale : il lui faudrait bientôt engager une infirmière à mi-temps. Par chance, son père était mince et elle parvenait à le soutenir quand il perdait l'équilibre ou à le soulever si nécessaire ; M. Taniguchi était encore en bonne forme physique, mais il perdait la tête un peu plus chaque jour et ses réactions étaient de plus en plus imprévisibles. Il jurait, crachait, balançait des choses par terre. À cause du traitement qu'il prenait, il était d'une grande vigueur. Quelques semaines auparavant, il avait lancé un bibelot en porcelaine en direction d'Ada, sans aucune raison, juste parce qu'il était soudain sorti de ses gonds. Elle avait promis que cet épisode resterait entre elles et avait essayé de consoler Mayu, en lui disant qu'elle ne devait pas se formaliser de ces accès d'agressivité. C'était une maladie, son père n'avait pas conscience de ses actes. À vrai dire, si Mayu n'avait encore fait appel à personne pour s'occuper de lui, c'est parce qu'elle avait honte du comportement de son père. Elle ne comprenait pas comment une maladie pouvait affecter la personnalité de quelqu'un au point de le rendre insupportable.

Comme toujours, son père sortit nu comme un ver de la salle de bains et il fallut vingt minutes supplémentaires pour arriver à lui faire mettre une chemise et un slip. Inquiète à cause de la chaleur, Mayu lui enfila un bermuda, et il alla s'installer dans le fauteuil du salon, à côté du canapé, devant la télé. Il demanda s'il était déjà l'heure du journal du soir, alors que toutes les fenêtres étaient ouvertes et que le soleil entrait à plein dans la maison.

Le déjeuner fut tout aussi éprouvant – le riz ressemblait à de la graisse humaine, cette viande n'avait aucun goût (c'étaient des courgettes), le jus de fruits était empoisonné et il ne manquerait pas de flanquer tous les employés à la porte dès que sa fille rentrerait du marché.

Ainsi, lorsque la sonnette retentit, Mayu était tellement à bout qu'elle implora presque Aidan pour qu'il entre et accepte un rafraîchissement. Elle avait envie de se changer les idées, de parler à quelqu'un de lucide et de se distraire un moment. Il hésita sur le trottoir et se rappela ce qu'Aníbal avait dit : accepter un gâteau et un café ne pouvait être assimilé à quelque forme que ce soit de prévarication ou de subornation dans le cadre de ses fonctions. Jamais cela ne suffirait à constituer une cause réelle et sérieuse de licenciement.

« Un bon jus de fruits bien glacé, allez ! Je m'apprêtais justement à presser des oranges pour papa », insista-t-elle. Il faisait très chaud. Aidan poussa le petit portail, rangea un paquet de lettres dans la poche extérieure de sa sacoche (destinées aux numéros impairs, il ne fallait pas qu'il l'oublie) et entra. Mayu avait laissé la porte du salon ouverte et, depuis la cuisine, lui cria :

« Tu préfères avec du sucre ? Ou juste des glaçons ? »

Le jeune homme n'aimait pas avoir à hausser la voix pour discuter et voulut donc la rejoindre dans la cuisine. Il s'essuya les pieds sur le paillasson, jeta un œil autour de lui et aperçut M. Taniguchi dans son fauteuil, en chemise et bermuda. Aux pieds, des mules en cuir, comme s'il prévoyait de sortir se promener, mais Aidan ne parvint pas à déterminer si le vieillard était assoupi ou non.

« Bonjour, monsieur Taniguchi. »

Il resta sans bouger près de la porte, mais n'obtint pas de réponse. À la télé, des troupes yankees donnaient l'assaut contre des Japonais, tandis que des cartes explicatives montraient l'avancée des Alliés dans le Pacifique sud. Mayu cherchait l'extrémité du fil du presse-agrumes, emberlificoté avec ceux du micro-ondes et du four électrique :

« Entre, je t'en prie, assieds-toi, j'en ai pour une minute, cria-t-elle. Quelle chaleur, hein ? Depuis hier, le temps a changé du tout au tout et papa n'est pas très bien. Ton travail, comment ça va ? Dans les temps ? »

Ce monologue hurlé laissa Aidan au bord du désespoir – il savait qu'il devait répondre, mais à distance, d'une pièce à l'autre, ça lui était impossible, et il resta paralysé sur le pas de la porte. Il craignait de réveiller M. Taniguchi ou de devoir lui faire la conversation. Il était également embarrassé de se trouver là, bêtement, formulaire en main, comme un agent de recensement – il était venu pour remettre un pli contre signature. Il se demandait s'il devait poser son porte-bloc plutôt sur la télé ou plutôt sur le canapé. Infoutu de se décider, il le garda à la main.

Il avait plus ou moins conscience du niveau

de gravité de la maladie de M. Taniguchi ; mais comme il n'avait jamais été confronté à ce genre de situation dans sa famille, il ne savait pas quelle attitude adopter. Il redoutait de ressembler à ces gens qui parlent FORT et LEN-TE-MENT avec les malades, comme s'ils étaient sourds, ou étrangers, ou comme si c'étaient des phoques ne comprenant pas notre langue. Il ne voulait pas non plus se montrer malpoli ou irrespectueux, c'est pourquoi il resta planté là pendant un moment, en espérant que Mayu ne tarderait pas. Il répondit un « Tout va bien » à mi-voix. Il se faufila discrètement et, à distance, tâcha de deviner si le vieillard avait les yeux entrouverts, rivés sur l'écran de la télé, ou s'il était en train de dormir, les yeux fermés.

Dans la cuisine, Mayu, qui avait subitement retrouvé son entrain, avait réussi à brancher le presse-agrumes et était maintenant à la recherche de la passoire en plastique. La dernière fois qu'elle avait préparé un jus d'orange pour son père, elle avait oublié de le filtrer et il avait failli s'étouffer à cause d'un pépin. Elle s'était juré de ne plus jamais commettre cette erreur.

« La passoire… Bon sang, c'est pas possible… Où est-ce qu'elle a disparu, cette passoire ? »

Inquiète du silence qui régnait dans le salon, elle passa la tête dans le couloir : « Papa, regarde un peu qui est venu nous rendre visite. Le facteur ! »

Le garçon s'avança pour le saluer : « Bonjour monsieur, je suis Aidan. Comment allez-vous ? »

Mayu fut rassurée et s'en retourna farfouiller dans le placard des casseroles. Une quantité invraisemblable de poêles et de jattes, de bocaux et de faitouts, d'écumoires et de râpes étaient entassés dans le plus grand chaos, parfois encastrés les uns dans les autres. Tout ça faisait un tintamarre à rendre fou. Mayu s'était quasiment fourrée dans le placard pour en excaver le contenu, des strates successives de téflon et d'inox, avec des couvercles coincés au fond de récipients plus grands qu'eux. La passoire devait s'être fichue à l'intérieur d'un plat à rôtir ou d'un saladier en verre, mais pour l'atteindre il lui faudrait encore retirer une cocotte-minute et la grande casserole à macaronis, et aussi la noire avec les grosses poignées qu'ils utilisaient les jours de soupe.

Un très lourd couvercle lui glissa des mains et tomba sur le carrelage. Au même moment, dans le salon, Aidan s'effondra. Sur le dos, un bras contre la poitrine, l'autre sur le côté, la paume tournée vers le haut. L'incident.

Émergeant d'un léger sommeil entrecoupé d'images de la guerre du Pacifique, oppressé par une chaleur digne des Philippines et un malaise croissant, M. Taniguchi entendit la bonne baragouiner quelque chose à propos de la visite du facteur. Lorsqu'il ouvrit les yeux, la scène était la suivante : debout sous son nez, planté là tel un troufion, un rouquin maigrichon en uniforme jaune souriait craintivement. Il avait l'air légèrement effrayé.

M. Taniguchi connaissait Aníbal, un homme trapu qui bramait à longueur de temps et empêchait tout le monde de dormir. C'était lui, le facteur. Il connaissait également (de vue) le facteur intérimaire, Aidan, un jeune rouquin filiforme et talentueux, qui se trouvait devant lui dans son uniforme de la poste, un porte-bloc en plastique à la main. Toutes ces informations se trouvaient quelque part dans un recoin de son esprit. Mais la chaleur, la bonne philippine, le bruit de l'artillerie dans le placard à casseroles, l'uniforme bien repassé et la teinte rougeoyante des cheveux du visiteur ne laissaient pas de place au doute : cet individu était bel et bien un espion yankee qu'il fallait abattre sur-le-champ. À cet instant, la sonnerie du téléphone retentit. Tout à ses casseroles, Mayu n'entendit rien, mais pour son père : sirène antiaérienne.

D'un bond, le sergent Taniguchi reprit du service, pour l'honneur du peuple japonais et l'empereur Hirohito : ce fut l'affaire de quelques secondes pour désarmer l'assaillant, se saisir de cette chose dangereuse qu'il tenait entre les mains et lui en assener de violents coups sur le crâne.

Fragile, le support en plastique se brisa en quatre. Tandis qu'Aidan battait en retraite, épouvanté, le sergent ouvrit le placard, en sortit son vieux fusil et tira trois fois à bout portant. Un seul coup partit vraiment – même s'il nettoyait et graissait son arme presque tous les jours, les munitions étaient anciennes et Mayu ne pensait pas qu'elles pussent encore fonctionner. La balle fit mouche et le malheureux serviteur de l'État fut tué sur-le-champ. La main sur la poitrine témoignait d'une timide tentative de défense. L'autre protégeait la sacoche du courrier, en particulier celui destiné aux numéros impairs, par exemple un paquet du club du livre que Teresa attendait avec impatience.

Lorsque Mayu eut enfin trouvé ce qu'elle cherchait, elle entendit des hurlements effroyables dans le salon. Elle se précipita dans le couloir sans réfléchir, la passoire à la main, et ce fut dans ces circonstances pathétiques qu'elle découvrit la scène, la même que Nico et Teresa contempleraient quelques minutes plus tard, dans le coin du salon. Après avoir abattu l'ennemi yankee, M. Taniguchi beugla encore un instant, aperçut sa fille, puis regagna son fauteuil et se rendormit.

Mayu s'agenouilla à côté d'Aidan, essaya plusieurs fois de lui prendre le pouls, attrapa les napperons au crochet de la table basse pour stopper l'hémorragie, puis s'effondra, épouvantée.

« Papa ! Papa, qu'est-ce que tu as fait ? » Mais il s'était déjà assoupi, le fusil posé contre le fauteuil, pour le cas où il aurait à nouveau besoin de se défendre.

Comme Aidan avant de mourir, Teresa, Nico et Iolanda étaient restés figés sur le pas de la porte quand ils entendirent du bruit en provenance du portail.

« Que se passe-t-il par ici ? Il y a une réunion et on ne m'aurait pas invitée ? »

C'était Ada qui apportait un plat de chou-fleur à la milanaise, souriante et intriguée, vêtue d'un bermuda en jean et d'un chemisier à fleurs estival. Elle avait appelé un peu plus tôt mais, comme personne ne répondait, elle s'était inquiétée et avait trouvé une excuse pour venir. Le chou-fleur était de la veille, mais c'était un vrai régal.

Devant ces trois regards emplis d'effroi, elle comprit qu'il était arrivé quelque chose de grave et son sang se glaça. Ada se fraya un chemin parmi l'assistance pétrifiée, passa devant son amie assise sur le canapé et piqua droit vers le corps sans vie.

« Mon Dieu… » murmura-t-elle, puis elle fut la deuxième à le toucher. Dans le fauteuil, M. Taniguchi ronflait. Ada aperçut le fusil contre l'accoudoir, le porte-bloc en miettes, la sacoche pleine de courrier qui gisait à terre et, dans tout ce décor, il n'y eut guère que la passoire dont elle ne comprit pas ce qu'elle faisait au beau milieu du salon. Mayu marmonnait quelque chose au sujet des jeunes frère et sœur d'Aidan qu'il faudrait prévenir. Nico, qui souffrait d'hématophobie, s'efforçait de ne pas regarder le corps ensanglanté. Sans vraiment réfléchir, il se dirigea vers la glace à côté de la porte et vit son propre reflet. Andrew Boring, en voilà un à qui l'on pouvait faire confiance.

Iolanda inspira profondément, s'assit sur le canapé et fit observer, sans s'adresser à personne en particulier, que la police allait venir chercher M. Taniguchi. Il serait probablement interné dans un hôpital psychiatrique pour le restant de sa vie. Ou pire : il serait arrêté, jugé et condamné. Un jour, dans un éclair de lucidité, comme il lui arrivait encore fréquemment d'en avoir, il comprendrait, horrifié, l'atrocité de son geste. Ce serait comme de nouveau se sentir coupable de la mort des paysans et des soldats Yuichi et Kazuo Nakamura, dans une guerre absurde, longue de trente ans, qui n'avait existé que dans son esprit. Ce serait comme revivre ses souvenirs les plus insoutenables, ses pires cauchemars, l'instant fatal qui le hanterait à jamais. Un rêve lucide dont il ne pourrait se réveiller.

Les lunettes d'Aidan, curieusement, étaient intactes, légèrement de travers sur son nez, et Ada s'accroupit pour les lui remettre correctement.

Personne ne dit rien pendant quelques instants.

Lorsque, vingt minutes plus tard, Mariana frappa dans ses mains depuis le trottoir pour essayer d'appeler Mayu, la porte était encore ouverte, mais tout était déjà décidé. Iolanda avait couru jusqu'à l'église récupérer la bâche bleue de la kermesse et, à peine de retour, s'activait à défaire le nœud de la cordelette avec laquelle on l'avait ficelée. Ada nettoyait les taches de sang sur le mur avec un chiffon imbibé d'alcool. Ensuite, elle demanda un bout de flanelle pour lustrer le fusil avant de le ranger dans le placard, en ayant pris soin d'en retirer les balles restantes qu'elle glissa dans la poche d'Aidan. Teresa jeta à la poubelle le porte-bloc en morceaux. Nico ramassa la passoire et l'observa minutieusement, comme s'il avait reçu pour mission d'en analyser chaque trou. Il dut s'asseoir pour ne pas tourner de l'œil et croisa les doigts pour que Teresa ne le remarque pas.

Depuis la rue, Mariana s'inquiéta de ce qui se passait, pourquoi les chiens étaient attachés à son portail et à quoi était due toute cette agitation dans la maison. Teresa répondit que ce n'était rien et demanda à son amie de ramener Tuco, Ananias et Mendonça chez elle. « Tu voudrais bien rester un peu avec eux dans le jardin s'il te plaît ? Et, surtout, ferme bien le petit portail de derrière. Ah, donne-leur de l'eau, et s'ils n'ont plus à manger, tu peux leur en remettre, c'est dans le grand placard de la cuisine, cria-t-elle.

— Tout va bien ? » insista Mariana, mais son amie était déjà rentrée.

Entre-temps, M. Taniguchi s'était réveillé. Il ramassa la couverture en laine tombée par terre, annonça qu'il se sentait fatigué et qu'il allait faire un somme dans sa chambre. Il demanda à ce que la Philippine fasse moins de bruit et sortit en traînant des pieds. Mayu ferma la porte de la chambre, chose qu'elle ne faisait jamais en temps normal. Puis, émergeant de son état de choc, elle se mit au travail.

Par chance, Aidan n'était guère épais. Un, deux, trois et hop : Ada, Iolanda et Teresa soulevèrent le corps, et Mayu glissa dessous une vieille couverture pour l'envelopper. Puis elles le firent rouler sur la bâche, l'empaquetèrent aussi méticuleusement que possible et ficelèrent le tout. Par précaution, elles agrafèrent aussi les extrémités. Avec l'aide de Nico, qui avait retrouvé des couleurs, le paquet bleu fut ensuite transporté jusque dans le jardin.

Teresa décida que le courrier ne serait pas distribué ce jour-là, pas même le roman du club du livre qu'elle attendait avec impatience. De la même manière que, pour Aidan, la mort constituait à tout le moins une contrariété, il fallait bien que tous ici subissent les conséquences de cet événement imprévu. Qui plus est, il pourrait sembler suspect que les personnes impliquées reçoivent leur courrier et les autres non. La sacoche du facteur fut laissée à côté du paquet bleu dans le jardin, en attendant la tombée de la nuit.

Désormais, chaque fois que Nico se réveillait après s'être assoupi sur le comptoir, pendant un millième de seconde il se disait : mais quel cauchemar grotesque ! Tous les rêves qu'il allait faire par la suite le renverraient à cet après-midi de septembre, lorsque les tests de réalité s'étaient montrés implacables et qu'il n'y avait pas le moindre Andrew Boring à qui l'on pût faire confiance. Il se rappelait en particulier le bruit des lunettes écrabouillées au moment où ils avaient emballé le corps – cette armature carrée et résistante, qui n'avait pas cédé lors de la chute, se brisait alors contre le visage du facteur intérimaire et continuait de se réduire en minuscules morceaux à mesure que les femmes faisaient rouler son cadavre.

Il ne fallait en aucun cas qu'Otto apprenne ce qui s'était passé. Aux environs de six heures, après avoir aidé à brosser toute la moquette du salon, redonné un coup sur les murs et passé un chiffon imbibé d'alcool sur chaque interrupteur et chaque poignée de porte, Ada demanda à Mayu de lui prêter des vêtements, prit une douche et regagna la maison jaune. Otto se trouvait devant la télé, il regardait *Mon voisin homicide*, une émission sur des gens qui avaient habité à côté d'un tueur en série, dîné dans son salon, fait partie d'un groupe de lecture dans lequel se trouvait l'odieux assassin recherché dans quinze États. « Cette aquarelle, c'est lui qui l'a faite », montrait une petite dame, qui n'en revenait toujours pas. Les bras croisés, Otto ignora ostensiblement son épouse, qui fila droit dans sa chambre changer de chemisier et ranger l'agrafeuse de la kermesse. N'étant pas interrogée sur la question, Ada n'eut pas à expliquer ce qu'elle avait bien pu fabriquer pour être sortie si longtemps. « Un plat a disparu », grommela-t-il, tandis que sa femme préparait le dîner. Elle lui répondit l'avoir laissé chez M. Taniguchi, à qui elle avait apporté du chou-fleur à la milanaise.

Cette soudaine évocation du plat qui faisait les délices d'Otto le contraria grandement car il avait depuis la veille envie d'en finir les restes. Comment pouvait-elle les offrir au voisin sans lui en demander la permission ? Du coup, il fit une tête de six pieds de long toute la soirée. Il n'avait pas faim, son dos lui faisait mal et il n'arriverait probablement pas à dormir. Il n'y avait rien de bien à la télé et le polar qu'il était en train de lire était nullissime – personne, pas même un Norvégien, ne saurait se débarrasser d'un corps aussi facilement, en l'enterrant dans le jardin, et à se sortir de cette affaire d'homicide sans être inquiété le moins du monde : tout ça était franchement ridicule.

Ce soir-là, alors que son mari en était aux dernières pages de son roman plein de Scandinaves sanguinaires, Ada lui proposa une tasse de tisane de laitue avec trois comprimés écrasés d'hémitartrate de zolpidem, conformément aux recommandations de Nico. Il tangua légèrement et alla se coucher plus tôt que d'habitude. Il parvint encore à lire une nouvelle où il était question de la mise à mort arbitraire de lapinots et en fut ému à un point qui lui sembla exagéré – c'était un des effets secondaires les plus curieux du somnifère (accès de rage, abattement, idées délirantes et comportement inapproprié complétaient la liste des réactions intempestives). Mais il n'eut guère le temps de réfléchir à ses sentiments. Dans le salon, Ada patientait en regardant une émission spéciale Momies. Quand elle se rendit dans la chambre, elle vit le livre tombé par terre à côté du lit, recouvrit son mari et ferma la porte à clé. D'après Nico, ils auraient quelques heures devant eux pour transporter le corps du facteur intérimaire et l'enterrer dans le jardin, en retirant la couche de gazon et en creusant bien profond. Le plus grand jardin du quartier. Ada, qui avait toujours détesté les séries policières de son mari, passa inconsciemment en revue des dizaines d'affaires et échafauda le crime parfait : ils enterreraient le corps dans le jardin de la seule personne ignorant tout de l'assassinat. Teresa apporta des bulbes de tulipes pour les planter aussitôt après et former un nouveau couvert. Le groupe décida d'enfouir également la sacoche remplie de courrier, ainsi que la passoire.

C'était à l'heure de fermer la pharmacie que Nico ressentait le plus intensément sa solitude : d'abord, il vérifiait les ventes et comptait l'argent. Il mettait les gros billets dans un sachet qu'il glissait dans le fond de la caisse enregistreuse, en inscrivant la somme sur un bout de papier. Les pièces et les petits billets étaient conservés pour servir de monnaie le lendemain.

Ensuite, Nico jetait un œil sur le cahier de commandes pour voir si tel remède était attendu dans les prochains jours, il rectifiait l'alignement des sirops et distraitement remettait un peu d'ordre dans les boîtes de médicaments. Puis il fermait toutes les fenêtres : celles de la réserve, des toilettes et de la salle d'injection. Il éteignait l'ordinateur, donnait un tour de clé supplémentaire à l'armoire des traitements contrôlés. Enfin, il balayait une dernière fois du regard l'établissement, plus par mélancolie que par diligence. Des boîtes très vertes, d'autres toutes bleues, des tubes et des flacons colorés en enfilade sur les étagères, tous silencieux. Un pèse-personne dormant debout. Plus le moindre client déambulant au petit bonheur dans les travées à la recherche d'une lime à ongles ou du dernier arrivage de pierres ponces. Ouvert sur le comptoir, son cher (et usé jusqu'à la trame) *Dictionnaire des spécialités pharmaceutiques*, un pavé de 924 pages contenant les fiches descriptives de six mille médicaments de référence.

Le lendemain, il faudrait balayer, épousseter le coin des savons, peut-être ranger un peu mieux l'étagère du fond, faire une promo sur les dentifrices pour écouler le stock d'invendus. Mais ça, c'était pour plus tard. Nico songeait à Teresa, éteignait les lumières, fermait les portes vitrées. À l'extérieur, il fallait abaisser le rideau de fer – comme il n'avait pas de crochet pour l'atteindre, il avait l'habitude de sauter agilement et de le tirer jusqu'à terre, parfois à plusieurs reprises juste pour s'amuser. Puis il sortait le trousseau de clés de sa poche, condamnait la grille des deux côtés et fermait le cadenas central.

Avant de s'en aller, il s'asseyait sur le bord du trottoir pour prendre un peu l'air, en jouant avec le gravier. Il aimait alors porter son regard au loin – un des inconvénients de son travail à la pharmacie, c'est que sa vue était très vite entravée, presque enfumée, comme dans un rêve.

8. OTTO

C'était un documentaire consacré à la vie marine, avec des scènes subaquatiques en haute définition et des plongeurs-reporters qui faisaient des signes à la caméra en essayant de sourire. Mais il n'est pas évident de respirer par la bouche et de sourire en même temps, surtout avec des masques aussi serrés. Pas simple du tout d'être heureux et insouciant quand on a l'œil sur un compteur d'oxygène qui baisse de minute en minute et sur un décibelmètre, ou allez savoir comment s'appelle cet appareil, qui permet aux plongeurs de surveiller le niveau de pression sous l'eau. Mentalement, Otto dressait la liste de tout ce qui pouvait être source de désagréments pour ces hommes à pattes de canard : 1) la bouteille d'oxygène, portée sur le dos, d'une funeste couleur orange, qui donnait l'impression de pouvoir exploser à tout moment si elle n'était pas installée et réglée correctement ; 2) la ceinture de lestage de six kilos qui les tirait vers le fond ; 3) le gilet de stabilisation avec ses boutons rouge (pour gonfler) et jaune (pour dégonfler) ; 4) les palmes géantes ; 5) le tuyau pour l'oxygène s'il venait à se boucher, avec interruption brutale de l'arrivée d'air ; 6) le masque étanche qui, mal positionné, pouvait laisser entrer de l'eau dans le nez et les yeux ; 7) ces vêtements ridicules en néoprène avec gants assortis ; 8) l'envie subite de pisser.

Dans une autre émission sur des morts atroces, regardée quelques années auparavant avec Ada, ils avaient vu le cas d'un type parti plonger avant d'avoir terminé un traitement endodontique : une fois au fond, ses amalgames avaient implosé. Et un autre qui, comme Nico, souffrait de dysautonomie vasovagale : il s'était évanoui à de grandes profondeurs et, plus tard, on l'avait retrouvé noyé. Tympans perforés et surdité permanente étaient ce qui pouvait arriver de moins grave aux victimes. Le présentateur de l'émission évoquait ces gens qui remontent trop vite à la surface et meurent d'une embolie pulmonaire, des cas d'hémorragie du globe oculaire, ou encore ce pauvre garçon qui avait explosé avec sa bouteille d'oxygène.

Otto était tombé sur le reportage par hasard, un matin après la réunion avortée au sujet de la rousse Eilinora. Il en avait marre de rester là à respirer en silence et avait décidé d'allumer la télé. Il y aurait bientôt trois mois qu'Ada était morte. Au début, Otto avait observé distraitement les plongeurs dans l'océan, les coraux multicolores, les poissons de plus en plus gros, son regard se promenant sur l'écran sans se fixer sur rien. Quand soudain était apparue l'image très nette d'un fugu.

C'était un poisson discret, bien élevé même, qui nageait sans s'en faire, vaquant à ses occupations de poisson. Tout à coup, un plongeur s'approcha, et la créature, effrayée, se mit à gonfler de manière hallucinante. Elle tripla de volume. Puis se laissa flotter, à la dérive.

Otto rajusta ses lunettes. Le fugu avait vraiment l'air embarrassé par son propre corps, arrondi et hors de contrôle, qu'il cherchait en vain à orienter avec de minuscules nageoires. Ses yeux globuleux semblaient prêts à sauter de leurs orbites. Un fondu au noir se referma sur le fugu. Otto songea qu'il pourrait passer le reste de sa vie à regarder ce genre de scènes, au ralenti : le plongeur s'approche, le fugu gonfle comme un ballon de baudruche et se laisse emporter par les vagues, piteux et bouffi. C'était tout bonnement incroyable. Il pressa le bouton « enregistrer » et vérifia le programme de la chaîne pour savoir quand l'émission serait rediffusée. Pour la première fois depuis la mort de son épouse, toute son attention s'était concentrée sur quelque chose. Il ne se sentait pas particulièrement heureux ni rasséréné, mais il avait consacré deux heures de sa matinée à des aventures sous-marines, au malcommode autogonflement du fugu, au désagrément d'avoir à demander de l'aide pour ôter des vêtements en néoprène trop serrés et pouvoir enfin se soulager. Tandis que le générique défilait, il tourna la tête pour faire un commentaire, mais Ada n'était pas là.

La vraie fausse réunion de quartier ayant abouti à la décision d'acheter une nouvelle bâche reprit quelques jours plus tard dans la cuisine de M. Taniguchi, cette fois sans Otto. Pendant que son père somnolait, Mayu rassembla ses voisins pour discuter de ce qu'ils allaient faire d'Eilinora, la sœur du facteur intérimaire, qui travaillait comme repasseuse depuis la fin de l'année précédente. La situation n'était plus tenable.

Après la disparition d'Aidan, la police mena des investigations plutôt mollassonnes. Très peu de gens furent interrogés et il n'y avait guère d'hypothèses à explorer. Aníbal, le facteur, fut l'un des rares à témoigner ; il fut informé de l'incident juste avant son retour de vacances, sur décision d'Ada. Connaissant de longue date M. Taniguchi, il ne s'opposa pas à l'idée de couvrir le crime. Mieux, il aida à brouiller les pistes lors de la reconstitution de l'itinéraire postal d'Aidan le jour de sa mort. Dans le fond, le facteur titulaire se sentait menacé par l'efficacité de son rival, et fut secrètement soulagé de sa disparition des écrans radars.

Appelé à déposer, il apporta une information

cruciale : un jour avant de se volatiliser, Aidan lui aurait confié vouloir tout plaquer. Il ne supportait plus de devoir subvenir aux besoins de ses jeunes frère et sœur, égoïstes et profiteurs, au point qu'il avait l'intention de mettre les bouts pour de bon. Il quitterait le pays, se trouverait un travail et entamerait une nouvelle vie – qui sait, peut-être était-ce la solution pour que ses frère et sœur apprennent à se débrouiller par eux-mêmes ? Il ne laisserait aucune indication et n'emporterait rien avec lui. Il se sentait triste et coincé, il étouffait. En signant sa déposition, Aníbal demanda aux policiers de ne rien révéler de tout ça à Flynn et Eilinora, qui se retrouvaient soudain encore plus orphelins qu'avant.

Ada et Iolanda allèrent leur rendre visite au-delà des montagnes. Elles leur apportèrent un plat de chou-fleur et prétendirent que le facteur intérimaire était très apprécié dans leur quartier. Tous les habitants étaient bouleversés par sa disparition et souhaitaient trouver un moyen de leur venir en aide. Elles demandèrent à Eilinora si elle savait faire quelque chose ; elle répondit que non. Malgré tout, la jeune fille fut embauchée comme repasseuse, mais il leur fallut se rendre à l'évidence : elle ne savait absolument pas se servir d'un fer. Pour le ménage et la cuisine, c'était pire, si bien qu'Eilinora fut laissée à son poste et se vit même confier des montagnes de linge par tout le voisinage, histoire de justifier son salaire stupidement élevé. Iolanda essaya bien de se plaindre, suggérant de l'affecter à une autre tâche, comme s'occuper de M. Taniguchi par exemple, mais sa motion fut rejetée lors de la réunion dans la cuisine (à cinq voix contre deux). Eilinora continuerait donc le repassage.

Soupçonneux, le frère d'Aidan, le rouquin à capuche, venait régulièrement rôder dans les parages. Il avait le pressentiment que les membres de cette petite communauté savaient quelque chose sur le repaire de son aîné, mais il n'en avait pas la preuve. À vrai dire, tout ça lui était bien égal. Ce qu'il voulait, c'était découvrir le moyen de tirer profit de la situation. Aussi essaya-t-il d'emprunter de l'argent à Ada, mais sans succès.

Mariana fut la dernière à être mise au courant. Au vu de l'agitation fébrile de ses voisins, elle eut à son tour le sentiment qu'ils avaient des informations sur Aidan – mais lesquelles exactement ? La seule chose que lui avoua Teresa, à force d'insistance, c'est qu'ils savaient où se trouvait le facteur intérimaire et qu'il n'était pas impossible qu'il soit mêlé à quelque tragédie. Mariana insista de plus belle. Elle menaça d'aller voir la police, tout en espérant que ses voisins l'en dissuaderaient. Teresa répondit que c'était son affaire, personne ne l'empêcherait de se rendre au commissariat. L'anthropologue réclama des détails sur l'incident, demanda qui était impliqué, si ses frère et sœur étaient au courant, mais Teresa ne lui faisait que des réponses évasives. Comme d'habitude, son mari était en déplacement. Mariana passa des nuits blanches à attendre son retour qui, par malchance, était chaque fois retardé. Pendant ce temps, elle ne cessait de remettre sa décision à plus tard. Au point que, tant de jours s'étant désormais écoulés, elle était devenue complice par omission.

Petit à petit, la jeune anthropologue avait fini par se faire une vague idée de ce qui s'était produit, idée qu'officiellement elle préférait écarter, la considérant comme trop fantaisiste. Ce qui était acquis, c'est qu'il ne s'agissait pas d'un accident et que tous cherchaient à occulter l'affaire. Aussi avait-elle d'abord songé à se précipiter au commissariat. Elle imaginait la police arrêtant chacun de ses voisins, passant les menottes à Ada et interrogeant M. Taniguchi, fouillant dans le jardin aux tulipes et vidant toutes les maisons – il ne resterait qu'Otto et les trois chiens de Teresa, en plus de son mari à elle, qui cette fois s'en irait pour toujours. Et les chihuahuas. Mais, d'une certaine manière, tout était déjà rentré dans l'ordre, aucun indice ne permettait de penser qu'un malheur était arrivé, et elle-même n'avait rien vu – de sorte que Mariana laissa le temps passer, retrouva son mari sans lui dire un mot de tout ça, et voilà.

En tant qu'anthropologue, elle avait résolu de

respecter une culture différente de la sienne et de pratiquer le relativisme le plus sauvage : occupe-toi de tes oignons et tout ira bien. Cette histoire ne la regardait pas et peut-être regagnerait-elle la capitale dès l'année prochaine, abandonnant ce cauchemar derrière elle. Au lieu de dénoncer le crime, elle décida de combattre les cafards, qui s'étaient multipliés après l'inhumation. Finalement, Aidan avait été enterré dans le jardin de la maison jaune, tout contre le mur de la cuisine de Teresa – Mariana ne pouvait en être certaine, mais elle avait de sérieux soupçons. Knud Rasmussen n'avait-il pas fait allusion à une Esquimaude qui avait étouffé dix de ses vingt enfants, faute de pouvoir les nourrir ? Et les Aztèques, qui se sacrifiaient les uns les autres à grande échelle ? Que dire encore des Indiens qui dévorèrent l'évêque Sardinha ? Le relativisme aida Mariana à prendre ses distances avec les faits, ce qui fut d'autant plus facile qu'elle en ignorait absolument tous les détails.

Depuis son fauteuil dans le salon, Otto considéra plusieurs hypothèses : le rouquin à capuche était un amant d'Ada, Eilinora était une criminelle chargée d'intercepter, détourner et revendre du courrier à des fins de chantage, Iolanda avait un passé nazi, sa femme était morte d'une overdose de Premunex. Ils avaient tous eu recours au produit de Nico pour faire disparaître leurs empreintes digitales et se tireraient de toute cette affaire sans être inquiétés le moins du monde. Les cafards, qui continuaient d'accourir en masse chez Teresa, étaient bien la preuve qu'il y avait quelque chose de sinistre dans les environs – on ne savait quoi au juste, et ça n'avait plus d'importance après tout ce temps. Une certitude, cependant : Ada avait caché à son mari, durant des mois, une chose très grave, avec la complicité de tous les voisins. Tous, sans exception. Peut-être même qu'ils se réunissaient dans la salle paroissiale pour rire d'Otto. Peut-être était-il la cible d'une plaisanterie connue des seuls habitants du quartier. Nico et Iolanda donnaient leur avis sur le comportement du vieil homme, Ada leur transmettait des informations compromettantes et tous s'amusaient en s'immisçant dans leur vie conjugale. Au moment de mourir, Ada avait laissé passer sa dernière chance de lui avouer ses forfaits.

Malgré tout, il existait au-dehors un monde plein de fugus, de calamars neurasthéniques et de plongeurs ayant une furieuse envie de pisser, si bien que ce matin-là Otto passa commande à Nico d'une cargaison de boules Quies, par paquets de deux, pour se couper du bruit et des conversations des voisins. Si Mariana arrivait à passer la nuit sans entendre les ronflements de son mari, il parviendrait bien, lui aussi, à vivre sa vie sans rien connaître de la vérité. Il rajusta la couverture sur ses genoux et alluma la télé. Il choisit Animaux TV, qui aurait à coup sûr des choses intéressantes à lui proposer jusqu'à la fin de ses jours. Il ne regarderait plus de séries policières, décida-t-il, plus jamais.

Ce fut un lundi matin, en mars, après le petit déjeuner. Otto et Ada s'étaient couchés tard la veille au soir, après avoir essayé de réparer un pèse-personne électronique et regardé une émission américaine sur des crimes irrésolus tout en se goinfrant de gâteaux à la fraise. Le lendemain matin, Ada s'était réveillée un peu plus tard que d'habitude et, après sa toilette, avait décidé de renoncer à sa séance de yoga et de passer directement au petit déjeuner.

Otto se leva, les yeux encore tout ensommeillés, et enchaîna les gelées dans l'ordre : fraise, orange, raisin, framboise et goyave. Le pain était du weekend et Ada se plaignit d'être fatiguée, elle n'avait probablement pas assez dormi. Malgré tout, elle découpa un strip dans le journal et le montra à son mari ; c'était franchement idiot et il mit du temps à comprendre ce qu'il y avait de drôle. Dans la première case, un petit garçon marchait dans la rue et sentait une douleur au pied. Dans la deuxième, il retirait sa chaussure et se la mettait sous le nez pour voir ce qu'il y avait dedans. Le troisième dessin montrait le petit garçon écrabouillé sous un rocher.

Ada mangea avec son appétit coutumier et but

deux tasses de café au lait. C'est Otto qui se leva pour prendre les céréales et les mélanger à du yaourt. Ils se servirent des tranches de melon, du fromage blanc et se préparèrent des mini-sandwichs avec de la charcuterie. Les croissants au chocolat étaient obligatoires et remplaçaient le gâteau de maïs qu'elle n'avait pas préparé. Ada lui demanda s'il avait mis longtemps à s'endormir, comment allait son dos et s'il voulait encore du pain. Elle lui annonça qu'elle annulerait peut-être sa visite du matin à M. Taniguchi, car elle se sentait vraiment fatiguée. Pour autant, elle se leva et alla faire la vaisselle. Otto aida à essuyer les verres. Maintenant bien réveillé, il lui demanda s'il restait encore du lait et si elle ne trouvait pas les yaourts de cette marque un peu trop liquides. Ada haussa les épaules, rinça une bouteille de jus de fruits et la posa sur le rebord de l'évier pour la laisser s'égoutter.

Le jour s'était levé, frais et humide, sans vent. Manifestement, les vêtements, lavés la veille, pesaient encore sur le fil, l'élastique du jogging et les serviettes n'avaient pas eu le temps de sécher. Malgré tout, Ada voulut sortir pour jeter un œil. Otto rangeait les derniers couverts quand elle ouvrit la porte de la cuisine en lâchant un soupir d'abattement. Elle répéta qu'elle se sentait fatiguée et s'assit sur la marche. Elle resta là, à tâcher d'enfiler ses savates en répétant qu'elle se sentait fatiguée, mais fatiguée, vachement fatiguée.

LA COUVERTURE DES
Nuits de laitue
A ÉTÉ CRÉÉE PAR DAVID PEARSON
ET IMPRIMÉE SUR OLIN ROUGH
EXTRA BLANC PAR L'IMPRIMERIE
FLOCH À MAYENNE.

LA COMPOSITION,
EN GARAMOND ET MRS EAVES,
ET LA FABRICATION DE CE LIVRE
ONT ÉTÉ ASSURÉES PAR LES
ATELIERS GRAPHIQUES
DE L'ARDOISIÈRE
À BÈGLES.

IL A ÉTÉ ACHEVÉ D'IMPRIMER SUR LAC 2000
PAR L'IMPRIMERIE FLOCH À MAYENNE
LE VINGT-SIX MAI DEUX MILLE QUINZE
POUR LE COMPTE DES ÉDITIONS ZULMA,
HONFLEUR.

978-2-84304-714-5
N° D'ÉDITION : 714
DÉPÔT LÉGAL : AOÛT 2015

NUMÉRO
D'IMPRIMEUR
88469